戦国BASARA3

【伊達政宗の章】

The Revenge Of The One-Eyed Dragon

矢野隆

YANO TAKASHI

Illustration 堤芳貞

協力：カプコン

いつからだ？

いつから見えなくなっちまった？

天へと続く一本道。気高い竜だけが駆け昇ることができる、蒼き雷《いかずち》。

オレにははっきりと見えていた。

なのに……。

いまのオレにはなにも見えねぇ。晴れぬ心で見あげる空は、何処《どこ》までも曇ってやがる。

すべて。

すべて奴のせいだ。

薄墨色の雲が寄り集まり、忌々しいあの男の顔を象《かたど》る。恐ろしいほど冷淡で、人の温《ぬく》もりを忘れてしまったような、酷薄な面構え。他者を見下すその瞳には、喜びも悲しみも映ってはいない。

オレは奴に敗れた。

オレはあの日、奴にすべてを奪われた。

誇りも、意地も、なにもかも。

奴の名は……。

石田《いしだ》三成《みつなり》。

One Eyed-Dragon

contents

戦国BASARA3

【伊達政宗の章】

The Revenge Of Th

BOX&BOOK DESIGN
山口拓三（GAROWA GRAPHICO）

序

「ど派手に決めるぜっ！」

政宗《まさむね》は吠えた。

仲間たちの喊声《かんせい》が、鉄《くろがね》の鎧《よろい》を包む。疾駆する馬上で、金色《こんじき》に光る弦月の前立てがかすかに揺れた。

戦《Party》に向かうこの一時が、政宗は最高に気に入っている。

信頼する仲間と、倒すべき敵。

全身の血が蒸発してしまいそうなほどの熱気。

生と死が交錯する場で、命の炎を燃やす。その一瞬のために、政宗は生きているといっても過言ではなかった。

奥州《おうしゅう》　筆頭と人は呼ぶ。政宗自身も、そう呼ばれることに誇りを持っている。

強き者だけが生き残れる戦国の世で、己の力だけを信じ、歩んできた。その道程で様々な出会いがあり、多くの仲間達を得た。

奥州筆頭とは、彼等の信頼の証《あかし》だ。

仲間が背中を押してくれるからこそ、政宗は前に進める。彼等が信じてくれるからこそ、傷つきながらも、戦えるのだ。

独眼竜の隻眼《せきがん》は、天に向かって伸びる真っ直ぐな一本道を捉えていた。蒼き雷《いかずち》の階《きざはし》を、政宗は竜となって昇ってゆく。

天下をこの手に……。

強者との激闘の果てに広がる地平を、仲間たちと共に見ることこそが、政宗の宿願であった。

それももうすぐ叶う。

この戦が終われば、天下は目の前だ。

政宗の行く手に待つ敵は、間違いなくこれまでで最強の相手である。

裂界武帝、豊臣秀吉《とよとみひでよし》。

魔王信長《のぶなが》亡き後、強大な力で次々と諸将たちをなぎ倒しつづける覇王。最も天下に近い男である。

秀吉は、天下統一の最終段階に入っていた。覇王は腹心である竹中半兵衛《たけなかはんべえ》とともに、北条氏政《ほうじょううじまさ》の住まう小田原城を攻めている最中である。

小田原城は堅城だ。いかに秀吉とはいえ、そう易々と落とせるはずもない。

その戦に乱入する。

小田原城を落とそうと躍起になる覇王の横っ腹を突く。

混戦の中、秀吉と一対一の勝負に持ち込むつもりだ。

覇王の剛腕を打ち砕くのは容易ではない。が、ここまで来て引き下がる考えなど、政宗の頭には微塵《みじん》もなかった。

勝利を手に入れるのに、Riskを伴うのは当然である。覇王の力を恐れていては、天下など一生望めない。長年追い続けた夢が叶う時が、すぐそこまできている。

死を恐れず、突き進むのみ。

「死ぬことなんか恐れちゃいねぇ。が、死にてぇと思ったことなんざ、一度もねぇぜ」

誰にともなくつぶやいた。

大戦を前にして、心が昂《たかぶ》っている。

「小田原までは、まだ十里ほどござります。いささか気負い過ぎておられますな」

後方から物静かな声が聞こえる。政宗はわずかに視線を左に向けた。

仏頂面が政宗を見ている。

片倉小十郎《かたくらこじゅうろう》。

政宗の腹心であり、親友でもある男だ。皆からは竜の右目と呼ばれている。多くの家臣たちの中で、戦場で政宗が背中を預けることができる唯一の男。それが小十郎であった。

常に冷静な態度で物事に接するが、その心の奥底には、政宗にも負けないほどの熱い魂を宿している。

「政宗様でも、覇王と対するのは恐ろしゅうございますか」

「恐ろしい？　Ha, 誰が誰を恐れてるんだ」

「政宗様が秀吉を」

恐れなどないことを、小十郎はちゃんと見通している。その上であえて〝恐れ〟という言葉を選んだのだ。

天下を賭けた大戦を前にして、感情の抑制が利かなくなっている政宗に対し、挑発してみせることで怒りを掻きたてる。そうすることによって、感情を一点に集中させようとする小十郎の一言であった。

そういう配慮ができる男。それが片倉小十郎である。

「政宗様にとって、この戦は通過点にございます。覇王を討っても、昇竜は昇り続けなければなりませぬ」

「That's right. そんなこたぁ解ってる」

倒すべき敵はまだまだ残っている。

眼前に立ちふさがっていた秀吉という名の巨大な幻影が、小十郎の気合の入った一言のおかげで取り払われた。

覇王は通過点……。

その通りだ。

竜は止まれない。

いや止まらない。

「さっさと覇王を倒して、奥州に帰るぞ」

政宗は快活に言い放った。

「それでこそ政宗様」

険しい顔をわずかにほころばせ、小十郎はかすかに笑った。

と、その時……。

「ぐわぁぁぁぁっ！」

先行していた家臣たちから悲鳴が上がった。

「何事だっ」

小十郎が叫ぶ。

小田原へとつづく林道である。一直線に伸びた道は、先頭までは見通せない。政宗と小十郎がいるあたりからは、土煙だけしか見えなかった。

悲鳴は鳴り止まない。

「秀吉の奇襲か？」

「奴が小田原を攻めているのは間違いない。このような場所に現れるなど、あり得ませぬ」

「ならば竹中半兵衛」

「やも知れませぬな」

小十郎の眉間《みけん》に刻まれた深い皺《しわ》が、額のほうまで伸びた。

竹中半兵衛。

秀吉の腹心であり、恐ろしく冷酷な男である。明晰な頭脳で戦場を操り、勝ちを得るためならばどんなに非情な手であろうとも、躊躇《ちゅうちょ》なく弄することができる冷徹な策士であった。その上、剣の腕前も凄《すさ》まじく、関節剣という鞭《むち》状に変化する特殊な剣を操り、敵を斬り裂いてゆく。

「見抜かれちまったって訳か」

小田原城を攻める秀吉の腹背を叩くという策。半兵衛ならば予見できても不思議ではなかった。

「ここはこの小十郎にお任せを」

叫びざま小十郎が馬腹を蹴った。

政宗もほぼ同時に馬腹を蹴った。

「政宗様」

「この先は小田原まで一本道だ。迂回なんかできやしねぇ」

「ですが……」

「竹中を倒し、その勢いのまま小田原になだれ込み秀吉を討つ」

政宗は揺れる馬にまたがったまま、左右の鞘《さや》から刀を抜いた。

「Go ahead!　さぁ行くぜ小十郎っ」

*

うめき声と悲鳴の中で、政宗は立ち上がる。もう何度目なのかさえ、定かではなかった。斬りかかっては倒され、倒されては斬りかかりを繰り返す。何度も何度も吹き飛ばされ、全身の感覚は麻痺しかけていた。

朦朧《もうろう》とする視界のなかで、一人の男が揺らめく。

長く伸びた前髪を中央に寄せ、その脇から覗く目で、政宗を見つめている。その酷薄な瞳からは、一切の感情が読み取れない。

「ま、政宗様……」

刃こぼれでぼろぼろの刀を杖《つえ》代わりに、小十郎が立ち上がった。そして男と政宗の間に立ちふさがる。

「お逃げくだされ政宗様」

「こ、小十郎」

冷静な判断力に裏打ちされた小十郎の言葉が、政宗の敗北を物語っている。

しかし、政宗にはどうしても、小十郎の言葉を受け入れることが出来なかった。

天下は目の前なのだ。

小田原城で秀吉が待っている。奴を倒して天下に覇を唱えるのだ。

それまではなんとしても止まれない。

昇竜は昇ることを止める訳にはいかないのだ。

震える手で刀を握る。

「お止めなされ。いまの政宗様では、あの男には……」

言葉を遮るように、小十郎を跳ね飛ばす。そして、残った力を振り絞り、男に向かって駆けた。

まるで人形のごとき男の目が、政宗を捉える。

「幾度やっても同じこと」

抑揚のない声が聞こえる。と同時に、凄まじい衝撃が、政宗の全身を駆け抜けた。近づいていたはずの男の姿が、物凄い速さで遠ざかってゆく。

攻撃を受けたと気づいたのは、地面に叩きつけられてからのことだった。

相変わらず男は表情ひとつ変えない。

「くっ」

怒りが滲《にじ》んだ呻《うめ》き声とともに、小十郎が地を蹴った。

小十郎の神速の初太刀《たち》。

この一撃で、死んだことすら解らぬうちに昇天した者を、政宗は幾人となく見て来ている。

小十郎必殺の斬撃が、男を襲う。

「己が無能に歯噛みしながら……」

無感動な瞳が妖《あや》しく瞬《まばた》いた。

「朽ちろ」

小十郎の刃が男の首に吸い込まれようとしていた。

「小十郎っ」

政宗は跳《と》んだ。

二人の間に身体を滑り込ませる。

「なっ」

小十郎が背中にぶつかった。

刹那《せつな》。

男の右手が消え、凄まじい衝撃が政宗を襲った。

小十郎ともども吹き飛ばされる。

「ぐはぁっ」

政宗をかばうように地面に激突した小十郎が、呻いた。

「小賢《こざか》しき真似を」

虫けらを見下すような目で、男が吐き捨てる。

奴は小十郎を殺《や》るつもりだった。気づいた政宗は、二人の間に割って入ることで、それを阻止したのだ。

なにが起こっているのか解らない。

それが正直な感想だった。

男がどんな手を使ってこちらに攻撃してきているのか、まったく解らないのだ。

奴の左手には細身の刀が、鞘に納められたまま握られている。ということは、あの刀で攻撃しているのであろう。

だが、見えない。

戦闘中、奴が刀を抜いたところを、一度も見ていないのだ。

奴に攻撃を仕掛けた次の瞬間、なにが起こったのか解らないうちに、衝撃とともに吹き飛ばされている。その間、奴は一歩もその場を動いていない。

まるで魔術でも見ているような心地であった。

「ま、政宗様」

背中の下で小十郎の声が聞こえた。

下に敷いたまま倒れていたのを忘れていた。

全身に力を込め、なんとか立ち上がる。その後を追うように、小十郎も立った。

「恐らくあの男は居合いを使っておりまする」

「居合い？」

「左様でございます」

二人の会話を耳にした男の口元が、かすかに吊り上がる。それが笑みであることに気づくまで、多少の時を要した。

「鞘に納めた刀を一気に抜き放ち、凄まじい速さで敵を斬って、また鞘に納める。奴の間合いに入る者は、凄まじい速さの斬撃に襲われ、なにが起こったのか解らぬうちに、命を落とす」

「Ha, それがどうした」

「奴の間合いには近づけませぬ。それはこれまでの攻防で十分お解りになられたはず。それ故、ここは……」

「小十郎」

言葉をさえぎる。

握った刀を一度鞘に納める。そして、左右の腰に差した刀に両手を伸ばす。

右に三本、左に三本。

政宗の腰には六本の刀が納まっている。

指の股を広げ、その一つ一つに柄《つか》を挟んでゆく。

「奴の間合いに近づけねぇんなら……」

左右に三本ずつ握ると、そのまま一気に引き抜いた。

「無理矢理こじ開けるだけだっ！」

六爪流《ろくそうりゅう》……。

六本の刀は竜の爪である。爪を露《あら》わにした竜は、誰にも止められない。

「WAR DANCE」

両腕を広げた政宗の全身を、蒼い雷が駆け抜けた。じりじりと音をたてる電流を纏《まと》ったまま、男に向かって駆けだす。

「浅薄なり……。が、それも愚者なれば当然か」

微塵も心を動かすことなく、男が待ち受ける。

右腕の三本の刃で、男を斬り裂きに行く。

「一本」

酷薄な声。

男に向かって振り下ろされていたはずの政宗の右腕が、高々と天へと跳ね上がった。先刻まであったはずの三本の刃のうち、親指と人差し指の間にあった一本が粉々に消し飛んでいた。

「そ、そんな莫迦《ばか》な」

驚きが頭を支配する。が、攻撃を止める暇はない。

今度は左腕を振り上げる。

「二本」

またも男の声。

今度は左腕に摑《つか》んでいた三本の真ん中の一本が砕けていた。

あっという間に六本の爪のうち二本を失ってしまった。

男は別段特別なことをしたという訳でもない様子で、政宗の姿を淡々と観察している。止《と》めを刺そうという気配もない。驚愕《きょうがく》する敵の姿を楽しんでいるかのようだった。

「終わりか？」

男が問う。

「くっ」

「では今度は私から行こう」

聞こえた途端、男の姿が消えた。

政宗は周囲に目をやる。

居ない。

消えた。

「終わりだ」

背後から男の声。

背筋に悪寒が走る。

身体が浮く。

いや。

浮かされた。

「三本」

右腕の刃が砕ける音。

「四本」

今度は左。

「五本、六本」

つづけざまに左右の刃が砕けた。

「これで貴様は丸裸」

背後で笑っている男の顔が、一瞬視界をよぎった。

「まだ、竜の爪は折れちゃいねぇぜ」

言いざま、首を振る。

弦月の前立てで、男の顔を突き刺しにゆく。しかし、男は頭を横に倒し、既《すん》でのところで避ける。

鋭利な前立ての先端が、男の頬をかすめた。

青ざめた男の頬が、ざっくりと斬れる。

「小癪《こしゃく》な」

男の瞳が暗く歪んだ。

怒り。

初めて見た男の感情。

「殺すつもりなら、ちゃんと息の根を止めておけ。独眼竜を生かしておくと、後々面倒なことになるぜ」

「良かろう貴様の望み通り、冥府《めいふ》へ送ってやる」

「政宗様っ」

小十郎の声。

刃と刃が激突する音が政宗の耳を打つ。

落下する身体を、誰かに受け止められた。

「筆頭っ」

政宗の瞳に、家臣たちが映った。傷ついた身体を引きずり、政宗を守るように、男の前に立ちふさがっている。その先頭には、今にも倒れそうな小十郎の姿があった。

「こ、小十郎……」

政宗の声を背に聞きながら、小十郎が家臣たちに叫ぶ。

「オメェら、政宗様を死んでもお守りしろ」

「応っ！」

「ふんっ。脆弱《ぜいじゃく》な雑魚《ざこ》どもが群れ集い、醜きことよ」

冷酷な眼差しが、家臣たちに守られる政宗を捉えた。

「興醒めだ」

団結する蒼き軍団を前に、男は背を向けた。

「待てっ」

小十郎が呼び止める声に、男が肩越しに視線を投げた。

男は眉をしかめている。

「まだ足掻《あが》くつもりか？」

男の声に殺気が宿る。

「私の役目は済んだ。これ以上刃を交えるのは、時間の無駄。その男を救いたくば、黙ってこの場から立ち去れ」

「くっ」

小十郎が口籠《くちごも》る。誰よりも現実を直視する強き男だ。このまま奴と戦えば敗れることがわかっているようだった。

「消えろ目障りだ」

男が歩を進める。

小十郎の背中が震えていた。

「さ、最後に」

「ん？」

歩きだそうとしていた男が、小十郎の声に、ふたたび立ち止まった。

「お前の名は？」

問われた男は、振り返ることなく答えた。

「石田《いしだ》三成《みつなり》」

小田原城の方へ向かって薄れてゆく影を、政宗は家臣に抱えられたまま黙って見つめることしかできなかった。

一

居城近くの山の頂に、政宗は立っていた。急峻な崖の突端に立ち、腕を組んだまま二刻あまり。政宗はなにを見るともなく、風に吹かれていた。

奥州の町が一望のもとに見渡せる絶好の地。考え事があると、政宗は決まってこの山頂に来る。

悩みとは無縁な男のように周囲から思われることが多い。が、政宗も人だ。悩みはある。大小様々な悩みを抱え、生きている。だからといってそんな悩みの数々を、おいそれと他人に見せる訳にはいかなかった。

政宗を慕う者は多い。かつての勢いを失ったとはいえ、いまだに奥州筆頭という呼び名を使う者もいる。そんな彼等にとって、政宗は象徴なのだ。

恐れ知らずの独眼竜。

それこそが皆の思い描く政宗の姿である。

偶像だ。

政宗は武将である。偶像として生きることを余儀なくされた存在だ。それは政宗自身も重々承知している。

しかし、偶像だとしても、やはり政宗は人なのだ。女々しく悩むことも、過去を振り返ることも当然ある。

そんな時、政宗はこの山に登る。

常人には到底辿り着くことのできない断崖絶壁を越え、幾度か難所を抜けた先にあるこの地こそ、政宗が一人の男として存在することのできる唯一の場所であった。

厳しい自然のなかに立ち、己が何者かを考える。そうしてしばらく思考の海に没していると、次第に心が薄れてゆき、自我が蕩《とろ》けてゆく。己が山となり、山が政宗となる。どこまでも広がる青空に、心が溶けてゆく。そうして、心に溜まった暗い澱《おり》を、風に流すのである。

すると幾分気が楽になった。

悩みに対する答えを見つける訳ではない。悩みを抱えたことによって生まれた暗い情念を洗い流すのだ。

そのために山頂に来る。

どれだけ考えてみても大抵の悩みには、答えなど見つからないものだ。考えて答えが見つかるくらいなら、誰も悩みはしない。

苦しみから脱するには、けっきょく行動するしかない。立ち止まって考えたところで、根本的な解決など望める訳がなかった。

「やはりここでしたか」

背後から声がする。

振り向かなくても、声の主はわかった。この険しい山を登り、頂まで来ることができる男といえば、己の他に一人しかいない。そしてその男は、政宗が誰にも告げずに城を出た時の居場所を、十分心得ていた。

「なんの用だ、小十郎」

城下の町を見つめたまま、政宗は問う。背後の気配がゆっくりと近づいてくる。そして隣に立った。

「さしたる用はございませぬ」

政宗はちらりと小十郎に目を向けた。相変わらずの仏頂面が、空を見上げている。つられるように政宗も視線を上方に投げた。

真っ青な空を、群雲が右から左に流れてゆく。その流れに逆らうように、一羽の鷹《たか》が大きな翼を広げて飛んでいる。

「用もなく、こんなところまで登って来たのか?」

政宗の問いを聞いた小十郎が、口元をほころばせた。

「ならば政宗様はこの山頂に、用があったのですか?」

うまく切り返されてしまった。

黙したまま答えずにいると、小十郎が口を開いた。

「昔はようこうして二人で空を眺めておりましたな」

「……」

政宗と小十郎は幼いころからの親友である。互いに思いを共有し、足りぬところを補いあいながら、ここまで来た。奥州筆頭と呼ばれるようになったいまでも、政宗にとって真の友と呼べる存在は、小十郎ただ一人だけだった。

小十郎にはなんでもお見通しである。政宗の苦悩を察し、みずからこの地に赴いたのだ。

政宗は語らず、空を見つめる。

小十郎も蒼天に目を向けたまま動かない。

二人を穏やかな風が包む。ゆったりとした時間が、流れてゆく。

「政宗様」

ふと小十郎が口を開いた。政宗は黙したまま次の言葉を待つ。と、それを察したように小十郎が語りだす。

「なにを見ておられる？」

政宗は腕を組んだまま動じない。

小十郎は、視線の先にあるものを問うている訳ではなかった。

これからどう動くのか？

誰を敵とし、誰を味方とするのか？

天下に覇を唱えるための道程を、どう見据えているのかを、小十郎は問うているのだ。

政宗は答えなかった。

いや。

答えられなかった……。

いまの政宗には、天へと続く道が見えなかった。昔はあれほどはっきりと見えていたはずの一本道が、どうしても見つからないのである。

天に向かって伸びる蒼い雷の階《きざはし》を、なんの迷いも抱かずに政宗は駆けのぼってきた。それこそ疾風《しっぷう》怒濤《どとう》の勢いで突き進んできた。そして、その先に待っていたのは。

奴だった。

石田三成。

天に向かってただひたすら走りつづける政宗を、三成は非情な力で叩き伏せた。蒼き雷の階は、三成の手によって打ち砕かれたのだ。

三成に敗れた屈辱のあの日以来、政宗は天への標《しるべ》を失った。

力も覇気も勢いも、三成に奪われたのである。

昇ることができなくなった竜は、次第に勢力を衰退させていった。離れる者も多く、周囲の群狼によって、領地も切り取られていった。

魔王信長、そして覇王秀吉。

二人の王に敢然と立ち向かっていったかつての独眼竜の面影は、失われつつあった。

「お答えになられませぬか」

小十郎の声がわずかに震えている。悔しさが声に滲んでいた。

小十郎の言いたいことは痛いほど解っている。

覇王秀吉の強大な力に抗《あらが》う者は、もう残ってはいなかった。天下は秀吉の絶対的な力の下に統《す》べられようとしている。ここで立ち上がらなければ天下を狙う機は、一生巡ってこない。

立て！

小十郎はそう言いたいのだ。

悔しさと怒りをぐっと胸の内に押し殺しながら、小十郎は政宗に語りかけている。

政宗の心内を知るからこそ、小十郎は抑えているのだ。

あの日……。

小田原城を攻める秀吉を倒すため、政宗は出陣した。相手は、裂界武帝と恐れられる男である。生半可な敵ではない。しかし、それでも政宗には、秀吉を倒す自信があった。奴がどれだけ剛腕を振り回そうと、必ず勝つ。

希望と野心に燃えていた。

しかし政宗の夢は、三成によっていとも簡単に砕かれてしまった。

秀吉にではない。

三成にである。

それまで眼中になかった相手だ。名前さえ知らなかった男である。

突然、目の前に現れ、満面に余裕を滲ませ、それを一度も曇らせることなく、三成は政宗を打ち砕いた。その半刻前まで秀吉に勝てると思っていた己が、情けなくなるほどの完膚無き敗北。

屈辱などという言葉では言い表せないほどの耐えがたき苦痛が、政宗の総身を襲った。狂おしいほどの憎しみと、絶対的な敗北感が心を焼く。

すぐそこまで近づいているとさえ思えた天が、凄まじく遠いものであったことを痛感した。

今まで己が目に見えていた天下とは、いったいなんだったのか？

迷い、疑った。

その瞬間から、政宗の目には天への階が見えなくなった。

標を失った政宗は、迷いの沼に落ちてしまったのである。どう足掻いても抜け出せない。もがけばもがくほど沼に足を取られ、身動きが取れなくなってゆく。

さらに、三成によって砕かれた夢の欠片《かけら》が、暗く沈んだ政宗の心を、容赦なく傷つける。

気付けば政宗は、奥州から一歩も動けなくなっていた。

「もう竜は、天へ昇ることを忘れてしまわれたか」

「小十郎……」

「は」

「天とはなんだ？」

政宗の言葉に、小十郎が小さく息を吐いた。溜息ではない。本当に小さな息である。それでも政宗には、小十郎の落胆が痛いほどに伝わった。

重い口をこじ開け、小十郎が声を吐く。

「政宗様が見失っておられる天が、この小十郎に見える訳がありませせぬ」

「すまぬ」

「謝られますな」

冷たい沈黙が二人を包む。

吹き抜ける風が、政宗の頬を叩く。それはまるで、天からの叱咤《しった》のように思えた。それでも、どうすれば良いのか解らない。天が見えない竜には、戦う場所が見つからないのだ。

昇る天を見失った竜は、空と地の狭間《はざま》で永遠に彷徨《さまよ》い続けるしかないのだろうか。

「見えぬ天なら……」

虚空を見つめていた小十郎が、身体ごと傾けて真正面に政宗を捉えた。

「最初からなかったと思えば良い」

「なかっただと？」

天を見ずしてなにと戦うというのか？

小十郎の言わんとしていることがわからなかった。

「魔王のオッサンも秀吉も、石田や家康《いえやす》だって。そしてあの真田《さなだ》幸村《ゆきむら》も」

真紅の衣に身を包んだ熱血馬鹿の姿が、政宗の脳裏を過《よぎ》った。が、すぐにそれを思考の彼方《かなた》へと押しやると、言葉を継いだ。

「皆、それぞれの天に向かって進んでる。互いの天が違うから戦う。それが、オレたちの生き様だ。天をないものと思えとは、オレに刀を捨てろと言ってるのと同じことだ小十郎」

鋭い眼光で小十郎を見る。

「お前は、オレに戦いを止めろと言いたいのか」

政宗の視線を堂々と受け止め、小十郎が口を開く。

「迷いに身体を縛られ、身動きできなくなっているのなら、それも宜《よろ》しかろう」

「なんだと？」

「お怒りになられましたな」

「当たり前だ」

二人を不穏な空気が包む。怒気を孕《はら》んだ政宗の視線をかわすように、小十郎が目を伏せる。

そして、身体を再び前に向け、語り始めた。

「先刻は用はないと申しましたが、実は報告したきことがあり、ここまで参ったのです」

「なんだ？」

怒りを冷ますように一度息を深く吐いてから、政宗は問うた。

間髪入れず小十郎が答える。

「覇王秀吉が討たれた由にござります」

「なぜそれを早く言わなかった」

「心の炎が消えかけたまま聞いたところで、なんの価値もないこと故」

「だから焚きつけたということか」

「左様でございます」

「Ha!」

目を逸らすように、政宗は眼下に広がる奥州の町を見た。

「その情報は本当なのか？」

「密偵の報《しら》せだけではありません。すでに各国にも知れ渡っておるらしく、全国の諸将たちがこぞって、不穏な動きを見せているとのこと」

「秀吉が討たれた……」

自分が辿りつくことさえできなかったあの秀吉が討たれたという事実を、政宗はどうしても信じられなかった。討たれたということは、討った者がいる。それが誰なのか、政宗は無性に知りたかった。

「誰だ？　誰が秀吉を討った？」

「知ってどうするのです」

　小十郎が挑発してくる。しかし、そんなことを気にする余裕はなかった。ただ、早く秀吉を討った者の名を知りたかった。

「どうするもこうするもねぇ。秀吉を討った奴が知りたい。ただそれだけだ」

　またも小十郎が小さな息を吐いた。

「徳川《とくがわ》家康」

「What?」

「秀吉を討った者の名は、徳川家康」

　戦国最強、本多《ほんだ》忠勝《ただかつ》とともに立つ青年の顔が、政宗の脳裏を過る。

「ば、馬鹿な」

「事実にございます」

「あの家康が秀吉を討ったというのか?」

　小十郎はうなずきで応えた。

「天下を手中に納めんとしていた秀吉が死んだことで、天下は再び乱れましょう。間違いなく家康はその騒乱の中心になる……」

　くるりと小十郎が踵《きびす》を返した。そして、政宗から遠ざかるように歩を進める。

「このまま奥州の地で、竜はくすぶりつづけているおつもりか?」

厳しい言葉を投げかけると、小十郎は森の中に消えた。

「家康……」

政宗が奥州の地に留まっている間に、家康は立派に成長したらしい。

時は非情だ。

立ち止まった者にも、進み続けた者にも平等に時は流れる。

「このまま終わっちまうのか、え？　独眼竜よ」

ふたたび燃え始めた心の炎を確かめるように、政宗は己自身に問うた。

二

最大の実力者であった秀吉を失った天下は再び乱れ、各地に散らばる諸将たちも、己が野望と志のため、牙を剝《む》き、争いを繰り広げていた。ある者は己のため、またある者は友のため。天下を望む者もいれば、ただ争いを好む者もいる。多くの武将たちが互いの曲げられぬ意地のため、命を賭けて戦う。

戦乱である。

日々どこかで誰かが戦っている。天下が熱を帯び始めていた。

強者が戦えば、必ず力は収斂《しゅうれん》されてゆく。戦乱の幕開けには数えきれぬほどにあった勢力も、時を経るごとに淘汰《とうた》され、最終的には二つに分かれる。それはまるで、空に昼と夜があるごとく、光が射せば影が生まれるごとくである。

今回の戦乱も、徐々に二極化の様相を呈し始めていた。完全には定まりきれてはいないが、それでも間違いなく今度の戦乱の要となるべき勢力は二つに絞られつつあった。

まず一つ。

三河を領し、戦国最強、本多忠勝を擁する徳川家康。

今回の戦乱は、家康が生んだ。彼が秀吉を討ったことが発端となったのは間違いない。

しかし、家康は戦乱を望み、秀吉を討ったわけではなかった。力によって人を従え、その上で海外に侵攻し、定まりかけた天下をふたたび戦の巷《ちまた》に変貌せしめようとしていた秀吉を、家康は許せなかったのである。民衆を苦しめ、戦いを強いる覇王から天下を取り戻すため、家康は秀吉に反旗を翻したのであった。

結果、秀吉は死に、世はふたたび戦乱に戻ったのであるが、それも家康にとっては、久遠の平安を生みだすための過程に過ぎない。

家康が描く平安の源泉は〝絆《きずな》〟である。

人と人の繋がりこそが天下を平穏に導くとし、憎しみによって生まれる戦を取り除こうと立ち上がった。

そんな家康に付き従う武将たちが相次ぎ、いまでは天下に最も近い男として認知されつつあった。

そんな家康に対抗するために旗を揚《あ》げた勢力が、もう一方の極である。

今は亡き秀吉の遺志を受け継がんとする勢力。

その主こそ、竜の爪を奪った男であった……。

＊

雨。

打ちつける滴に頭を垂れる紫陽花《あじさい》を、政宗の左目がとらえている。数日来降り続く雨を眺め始めてから、すでに二刻あまりが過ぎようとしていた。

なにをするでもない。ただぼんやりと雨を眺め、時を潰す。

所詮人生など暇潰しの連続である。

意味のあるように思えても、当人だけが感じる意義であって、ほとんど余人から見れば詮無きことである。それは、いま各地で繰り広げられている戦の数々にも当てはまる。

当人同士はいたって真面目に戦っているつもりだろうが、見ている者、巻き込まれた者からしてみれば、これほど傍《はた》迷惑なこともない。勝手にいがみ合い、勝手に戦をし、犠牲者を生む。

そんな戦いになんの利があるというのだ?

徳川家康……。

あの男のしていることも同様だ。

絆と光に満ちあふれた世を作ると声高に叫んではいるが、その実、奴がやったことはなんだ?

秀吉の下でまとまりかけていた天下を、己の身勝手な志のために君を討ち、世をふたたび戦乱に戻しただけではないか。

ままならぬのが世の中である。

どれだけ崇高な理想を掲げていようと、敗れればただの妄言だ。気高い志で秀吉を討ったのは良いが、これで敗れれば、家康は戦乱を引き起こしただけの道化に過ぎない。

「Ha, くだらねぇ。なにが絆だ」

薄青色の紫陽花に浮かぶ家康の顔に語りかける。どれだけ苦境に立たされようと、常に輝き続ける眩《まぶ》しい瞳を思い出す。家康はどこまでも前向きで、どこまでも優しい男である。

家康に奴が討てるのか？

政宗の脳裏であの男が、家康の幻影を打ち砕く。

あの男を倒さなければ、家康に天下は望めない。

あの男は秀吉を討った家康を憎んでいる。

「石田三成……」

政宗の口中で、奥歯がぎりりと鳴った。

小田原で完膚無きまでに政宗を叩きのめしたあの男は、いまや〝凶王三成《きょうおうさんせい》〟などと呼ばれ、家康の向こうを張るまでの勢力へと成長していた。

三成の欲するものはあくまで秀吉の仇《あだ》である。つまり家康の首だけを、三成は見ている。

憎しみの塊となった三成の姿を、政宗はどうしても想像できない。

小田原で会った三成は、一切の感情を打ち捨てた傀儡《かいらい》のごとき男であった。なにを斬ろうが、どれだけ人を殺《あや》めようが、眉ひとつ動かさない冷血な傀儡。それが政宗の三成に対する印象であった。

そんな男が、いまや復讐の鬼と化しているというのである。

「復讐の先に天下はあるのかい？」

家康の幻影を打ち砕いて脳裏に居座る三成の顔に語りかけた。

三成は天下を欲している訳ではない。家康への復讐だけに凝り固まっている。もし、その望みが果たされたとして、三成は天下をどのように創出するつもりなのだろうか。

恐らく奴の頭には絵図など、まったく存在しないのであろう。

聞けば、三成の周囲には様々な思惑を秘めた有象無象がたむろしているという噂である。大方、三成を担ぎあげて、家康に対抗しようという腹なのであろう。

どいつもこいつも下らない。

戦いはもっと単純なものだ。

男に生まれついた。

どうしようもなく血が滾《たぎ》る。

だから戦う。

それ以外の理由などいらない。

絆のためだとか、復讐だとか、面倒臭い理由がなければ戦えないのなら……。

「いっそ戦わねぇほうがましだ」

つぶやいた刹那、胸が痛んだ。

失ったはずの竜の爪がうずく。

「いまの言葉、本心でございますか？」

紫陽花の前に小十郎が立っていた。激しい雨に打ちつけられながら、かっと開いた瞳が政宗を見ている。

「風邪引いちまうぞ」

「戦わないほうが良いと、本気で言っておられるのですか？」

荒々しく問う小十郎。

いたたまれなくなり政宗は目を逸らした。

「政宗様っ」

怒声。それと同時に政宗の胸になにかが当たった。ごとりと重い音をたて、縁側に黒いものが転がる。

刀だ。

小十郎が投げた。視線を小十郎に向けると、すでに己の刀を抜き放っている。

「本当に……」

小十郎の目がわずかに充血しているように見えた。

泣いている？

雨に打たれているせいで判然としない。

「本当に竜の爪が折れてしまったというのでしたら、この小十郎が介錯《かいしゃく》してさしあげましょう」

「小十郎」

ゆっくりと鞘をつかんで立ち上がり、縁側から庭に降りる。それから柄を握って刀を抜いた。

「竜の首。刎《は》ねられるもんなら、刎ねてみろ」

「そのつもりですっ」

叫びざま、小十郎が飛びだした。

上段からの凄まじい打ち込み。

政宗は受け太刀で止める。

小十郎は力で押しこんでくる。

速さと技では政宗に分があるが、力では小十郎のほうが上だ。受け止めたまま、じりじりと政宗が仰《の》け反《ぞ》ってゆく。小十郎の押しだす刃が、徐々に首筋に迫る。

決死の覚悟が小十郎の顔に貼り付いていた。

本気だ。

小十郎は殺すつもりなのだ。

政宗を殺して、己も死ぬ。

小十郎がそこまでの覚悟をもって戦っている。

「死ぬ覚悟は出来ている。が、死にてぇと思ったことは……」

つぶやきながら、わずかに腰を落とす。そのまま小十郎の鳩尾《みぞおち》を、爪先で蹴る。

「一度も無ぇッ!」

小十郎が後方に退く。

政宗は追う。

袈裟《けさ》がけに斬る。

小十郎が左腕の籠手《こて》で受けた。右手を柄から離し、政宗の刃をつかむ。そのまま左手も柄を手放す。小十郎の刀が地に落ちる。

突然、政宗の顔面を凄まじい衝撃が襲った。

吹き飛ぶ。その勢いのまま、小十郎に摑まれた刀を手放した。

ふらつく身体を片膝立ちで支えると、眼前に立つ小十郎の左の拳に血が滲んでいた。

殴ったのだ。

小十郎は刀を手放し、自由になった左の拳で、政宗の顔面を殴ったのである。刀身をつかみ、奪った形になった政宗の刀を、小十郎は地に放った。

その瞬間。

小十郎が一気に間合いを詰めた。

右の拳が政宗の腹をえぐる。その勢いで、しゃがんでいたはずの身体が、立ち上がった。

小十郎は待ってはくれない。

腹を打った右の拳を引くと同時に、左の拳が政宗の顔面を捉える。

顔、腹、そしてふたたび顔と、したたかに打たれた政宗の意識はいまにも飛びそうになった。

だが、政宗にも意地がある。このままおとなしく倒れるわけにはいかなかった。

小十郎の決死の覚悟に応えなければならない。それは、主として親友《とも》として、男としての礼儀である。無様な負け方をすれば、それは、己の面目ではなく、小十郎の面目を潰すことになる。

政宗は小十郎が見込んだ男なのだ。

己が不甲斐《ふがい》無く負けてしまえば、小十郎に眼力がなかったことになる。政宗が駄目だということは、小十郎が駄目だということだ。

違う。

小十郎ほどの男はいない。誰よりも義理に厚く、誰よりも強い。寡黙で冷静でありながら、誰よりも熱い魂を持つ男。

小十郎のために、政宗は無様な姿を晒《さら》すことはできなかった。

親友の拳が政宗の顔面を襲う。

とっさにかわす。と、その姿勢のまま、殴る。

綺麗に小十郎の頬を捉えた。

「ぐうっ」

よろける小十郎。

政宗は止めない。

つづけざまに親友の顔面を殴る。

小十郎も負けない。

互いに幾度も拳を交える。

雨と血の混じった生温い唾《つば》を呑み、軋《きし》む身体で戦いつづける。

いつしか周囲を家臣たちが取り囲んでいた。雨に濡れることも構わず、みな二人の戦いを固《かた》唾《ず》を呑んで見守っている。

「行けぇ筆頭ぉっ」

「小十郎様も負けんなぁっ」

喚声に包まれ、政宗の身体から湯気が立ち上る。見ると小十郎の身体からも同様に白い湯気が揺らめいていた。

熱い。

雨に打たれているというのに、全身を駆け巡る血のせいで、やけに熱かった。

そんな気持ちは久しぶりだった。

「ようやく政宗様らしくなってまいりましたな」

ぐずぐずの唇を震わせて小十郎が叫ぶ。

「Ha!」

痺《しび》れる口元をほころばせ、政宗が応える。

「おおおおっ！」

小十郎が叫ぶ。

全身の力を込めた右の拳が来る。

「はぁぁぁぁっ！」

政宗は吠えた。

気合もろとも拳を突き出す。

交錯する二つの拳。

左の頬に強烈な衝撃を覚えたと同時に、拳が小十郎の顔面をとらえた感触があった。

転がるように二人して倒れる。

「筆頭ぉおっ！」

「小十郎様っ！」

二人を心配するように、家臣たちが駆け寄ってくる。

「政宗様」

小十郎の声が聞こえる。

答えずにいると、小十郎は語り始めた。

「負けたのなら、勝つまでやるのです。理由なんてなくて良い。それが喧嘩《けんか》」

「小十郎」

軋む頭を傾けて、声のするほうを見る。小十郎も政宗を見ていた。

「もう一度……。もう一度戦わなけりゃなんねぇ奴がいる。そいつからきっちりけじめ取らなけりゃ、オレは一歩も進めねぇ。付いて来てくれるか？」

小十郎が力強く微笑《ほほえ》んだ。

「愚問」

周りで聞いていた家臣たちが雄叫《おたけ》びを上げた。

心地よい喊声に包まれ、政宗は小十郎から目を逸らし再び空を見上げた。

降り続いていた雨は止み、厚い雲の切れ間から青空が見える。

「Revengeだ」

三

駆ける。

我武者羅《がむしゃら》に駆ける。

いまの政宗にはそれしかなかった。

疾走する爽快感も、勝利の達成感もない。ただひたすら、なにかにせき立てられるように駆ける。

三成への敗北によって弱まった国力を盛り返すため、政宗はふたたび戦の日々に身を投じた。


独眼竜復活。


その報せは、奥州はおろか近隣諸国にまで広がった。政宗が勢いを失っていた間に、勢力を拡大していた大名たちが、戦国の申し子、奥州の蒼い竜の復活を歓迎するはずもなく、政宗はたちまち周囲を敵に囲まれる形となった。

望むところだ……。

政宗の心は昂った。

ふたたび立ち上がると決めた時から、敵に囲まれることは覚悟している。

政宗の本当の敵は、西の彼方で待っている。東北で足踏みしている時間は、政宗にはなかった。

疾風怒濤。まさに蒼き雷となって、政宗はたちまち奥州を束ねる。独眼竜の復活を心待ちにしていた者たちの援助もあり、一旦は弱体化した伊達《だて》家の勢力も、なんとか他国と戦えるほどに復活していた。

まだ足りねぇ……。

当然、奥州を取り戻した程度で満足する政宗ではない。

奥州を束ねるとすぐさま近隣諸国への遠征を開始した。


黒雲が天を覆う。

「辛気臭い山だ」

闇に佇む岩山を見あげながら、政宗はつぶやいた。かたわらに陣取る小十郎の表情もいつになく険しい。

目の前にそびえる山から立ち上る異様な妖気に、周囲を固める家臣たちが恐れをなしている。

皆の緊張が、張り詰めた空気をいっそう冷たく研ぎ澄ます。

吹きすさぶ風を割って、小十郎が語る。

「恐山《おそれざん》……。この山を領するのは南部晴政《なんぶはるまさ》」

「OK, どんな男なのか、会いに行ってみようじゃねぇか」

手綱を絞って馬腹を蹴る。皆の恐れを破るように、政宗は山頂へと続く山道へと駆けだした。

「うっひゃぁぁあああっ」

恐怖に引きつる家臣たちの叫びがそこらじゅうから響いてくる。ただならぬ悲鳴を耳にしつつも、一心不乱に政宗は山頂を目指す。

家臣たちの恐れの元凶。それは、南部晴政が率いる軍団のせいだった。

亡者《もんじゃ》……。

南部晴政の手勢は、すでに死んでいた。骸《むくろ》なのである。首に真一文字の傷を受け、そこから血を流している者。背中に突き入れられた槍《やり》が、腹から飛び出している者。いずれの顔も血の気が引いて真っ青である。

死んでいる。

なのに。

動いているのだ。

焦点の定まらぬ虚ろな目で敵を探しては、ぎくしゃくした動きで刀を振るう。槍で突く。そのおぞましい姿は、もはやこの世のものではなかった。

家臣たちが恐れるのも無理はない。が、政宗には彼等の心を慮《おもんぱか》る余裕がなかった。とにかく今は山頂を目指す。そこには必ず南部家の当主が待っている。

彼を倒し、この地を手に入れるのだ。

勢力拡大こそ政宗の急務である。

石田三成は一歩も二歩も先を走っているのだ。一刻も早く力をつけなければという思いが、政宗を焦らせていた。

「政宗様。家臣たちが遅れております。少しこの場に留まりお待ちください」

小十郎の声に、思わず舌打ちで返す。

「政宗様っ」

今度は声高に小十郎が叫んだ。

「悠長なことをしている暇はねぇ。このまま突っ込む」

「それでは相手の思うままにござりまする」

「なに？」

馬を止めずに、振り返って小十郎を見た。真剣な面持ちで小十郎が睨《にら》んで来る。

「敵は明らかに政宗様と我等を分断しようとしております」

小十郎の言う通り、先刻から南部軍の襲撃が、家臣たちを標的にしているのは明らかだった。

「敵の軍勢は亡者にございます。南部晴政なる者、いかな力を持っておるのかわかりませぬ。

このまま敵の策にはまり、万一政宗様が……」

「オレがどうなるって？」

政宗の声が怒りの色を帯びる。それを小十郎は機敏に察したようだった。が、それでも口をつぐまず続ける。

「万一政宗様が敗れるようなことがあれば、我が軍はこの死の山から二度と戻ることができますまい。我等伊達の軍勢は、死してなお南部の手先として戦いつづけることになりましょう」

「Ha, 死を恐れてなにができる？」

「政宗様が恐れておられるのは、死ではなく敗北にございましょう」

それまで落ち着いた口調を保っていた小十郎の声がわずかに震えていた。

「なに？」

「ふたたび立ち上がられてからの戦の日々。政宗様は一時たりとも休まれることがありませんでした。それは、立ち止まることを恐れておられるからではありませぬか？　今度立ち止まってしまえば、二度と走ることができない。それはすなわち永遠の敗北が待っているということ」

「オレがなにを恐れているだと？」

「冷静になられませ政宗様。怒りを覚えたときこそ、氷のように……」

諭す小十郎。

痛いところを突かれた。

小十郎の言うとおり、政宗はたしかに敗北を恐れている。

立ち止まることを恐れていた。

鼻からおおきく息を吸って、呼吸を整える。小十郎の言葉を心のなかで何度も反芻し、冷静になろうと努めた。

「OK, お前の言う通り、ここはアイツらを待とう」

「はっ」

安堵する小十郎の声。

と、その時。

政宗と小十郎を分かつように、足元の岩が割れた。そして、政宗が居た辺りの地面が浮き上がる。

「政宗様っ」

「小十郎っ」

すでに二人は遠く引き離されていた。政宗を乗せた岩は、遥《はる》か上空に位置する山頂に向かって飛んでゆく。

不思議な力によって浮き上がった岩を、政宗はどうすることもできない。怯《おび》える馬をなだめながら、ただ近付いてくる山頂を眺めるだけだった。

黒雲の中に鋭く尖った頂《いただき》が見える。

人影。

白髪である。

黒い布で片目を覆っていた。

政宗と同じ右目である。

「寄り人は今ぞ寄り来る長浜の……ホウ、ホウ」

不吉な響きを湛《たた》えた声が、政宗の耳朶《じだ》を打った。


恐山の山頂で、政宗は一人の老人と対峙《たいじ》していた。賽《さい》の河原を想起させる積石と、多くの卒塔婆《そとば》。敷き詰められた石畳は、冷気を孕《はら》んでいる。

一際高い積石の上に座ったまま、老人は政宗を見つめて動かない。右目を黒い布で覆い、左目だけが政宗を捉えていた。

「おぬしの右目はなにを見ておる？」

老人が問う。

政宗は腕を組み、黙したまま老人を睨む。

「我の右目が映すは、冥府の亡者《もんじゃ》」

「人になにかを尋ねる前に、まずは名乗ったらどうなんだ？」

「南部晴政」

「そうかい、アンタが南部の大将か。陰気な軍勢がお似合いな爺さんだぜ。オレは伊達政宗だ」

「亡者の国に足を踏み入れただけでは飽き足らず、その無礼な振る舞い。噂に聞く奥州の独眼竜も、その程度か」

政宗は刀を抜いた。

「年寄りの御託を聞くためにわざわざこんな所まで出向いた訳じゃねぇんだ。爺さん、オレにこの国をくれ」

目を伏せた晴政が、首を左右に振った。

「人の家に土足で上がり、力ずくですべてを奪うかのごとき所業。武将などと申しておっても、所詮、おぬしは盗人《ぬすっと》」

皺だらけの左右の掌を、なにやらひらひらと動かす。晴政の手の軌跡が、青白い炎となって政宗には見えた。

「何故おぬしは亡者を生む？　戦いに明け暮れし日々のその先に、いったいなにが待っておると言うのだ？　さぁ、おぬしの行き着く先を、己が目で……」

晴政の左目がかっと開いた。

「とくと見よっ」

*

焦点が定まらぬ目で、政宗は周囲を見た。

真紅の炎が辺りを包んでいる。

「人間五十年……」

どこからともなく男の声がする。

「下天のうちを……」

聞いたことがある声だ。が、誰だか思い出せない。

「くらぶれば……」

どこか懐かしい響きである。

「夢幻のごとくなり……」

憧れ？

いや畏怖かも知れない。

男の声を聞いていると、なんとも複雑な気持ちになる。

「一度生を得て……」

敵？

それとも味方？

誰だ？

「滅せぬ者の……」

もうすぐだ。

もうすぐなにかを思い出せそうだ。

「あるべきや」

耳元で聞こえた。

怖気《おぞけ》が走る。

とっさに身をひるがえす。

その瞬間。

耳元を凄まじい速度でなにかが横切った。

頬が斬れる。

声のした方に目を向けた。

男が立っている。

銀色の甲冑《かっちゅう》に身を包んだ髭面の男。紅のマントは縁がぼろぼろで、まるで炎のようである。

焼けつくように鋭い眼光。

男の左手に握られたショットガンが、政宗に向けられていた。

「久方振りの邂逅《かいこう》よな小童《わっぱ》」

「ア、アンタは……」

わなわなと震える全身を必死に支えながら、政宗は男を見た。

目の前に立っている男は、間違いなく死んでいる。

第六天魔王……。

「織田《おだ》信長」

男の口髭が歪み、笑みを象《かたど》る。

「冥府に落ちし我が身なれど、かように面妖なる趣向を得るもまた、我が亡魂なればこそ……」

信長の両手が天を包みこむように、おおきく開かれた。

「アンタは死んだはずだ」

「錯乱を忌避するよりも、此《こ》の天地を享受せよ」

言いざま信長が、ふたたび銃口を政宗にむけた。

とっさに左に跳ぶ。

爆音とともに、先刻まで政宗がいた空間を、銃弾が斬り裂いた。

すでに信長は動いている。

「ヌハハハハハハ！」

不吉な笑い声が、政宗に近付いてくる。

「ちいっ」

なにが起こっているのか解らぬまま、政宗は刀を構えた。

信長の剣が政宗を襲う。

火花が散った。

斬撃を受け止めた刀に、たしかな重さを感じる。

「魔王は果てぬ。魔王は朽ちぬ。魔王は消えぬ。魔王は没せぬ」

じりじりと刀を押し込んでくる信長。その凄まじい膂力《りょりょく》に、政宗の身体は徐々に仰け反ってゆく。

「アンタは明智《あけち》光秀《みつひで》に殺されたんだ」

「で、あるか」

聞く耳など持たぬといった様子である。

政宗は不意に、腹の辺りに悪寒を感じた。

とっさに目を落とす。すると、信長の左腕に握られているショットガンが、今まさに政宗の腹を撃ち抜かんとしているところだった。

「Shit!」

両足に全身の力を溜め、地面を蹴って後方に逃れる。

鼻先を銃弾がかすめた。
「ヌハハハハハハッ。これぞ闘争。我の望む天地の理《ことわり》なり」
喜びに満ちた信長の声。
ふと、頭の中を老いた男の言葉が過った。
『戦いに明け暮れし日々のその先に、いったいなにが待っておると言うのだ？』
この言葉を吐いたのは南部晴政……。
そうだ。
思い出した。
オレは奴と戦っていたはず。
ではこれはいったいなんだ？
目の前に立っているのは確かに第六天魔王。
これは幻？
晴政が見せている幻影なのか。ならばなぜ、晴政はこんな幻を見せる？
戦いに明け暮れた日々の先に待っているもの……。
それを晴政は見せようとしているのか。
ならば。
いま政宗の目の前にあるこれこそ、戦いの果てに行きつくものなのか。

織田信長。

生涯を戦いに捧げ、家臣の裏切りにあい、業火に焼かれて没した魔王だ。

奴が。

信長こそが、戦いの果てにある己の姿なのか？

「違う……」

誰にともなく政宗はつぶやいた。

目の前には悠然と歩く信長の姿。剣とショットガンを引っ提げ、こちらに歩いてくる姿は、亡者になりながらも戦いを忘れられない、哀れな男のそれであった。

「オレの目指すものはアンタじゃねぇ」

「で、あるか」

真紅のマントをひるがえし、信長が跳んだ。振り上げた刀が、政宗を襲う。

目を逸らさずに、政宗は構える。

「オレはオレだ」

あらん限りの声で叫んだ。

「たしかにオレは、戦うことでしか自分を見いだせねぇ男だ。だが、アンタみてぇな享楽で戦う男と一緒にされちゃあ……」

信長が刀を振るう。

わずかに身体をかたむけ、政宗はかわす。

「小十郎や仲間たちに合わす顔がねぇ」

叫びざま政宗は、幻影を打ち砕くように信長に向かって刀を振るった。

*

「馬鹿な……」

茫然《ぼうぜん》とした様子で、南部晴政が呻く。

肩で息をしながら、政宗が微笑む。

全身をただならぬ疲労感が襲う。晴政の生み出した幻影に囚《とら》われていたことで、かなりの体力を消耗《しょうもう》しているようだった。

「ずいぶん手の込んだ真似してくれるじゃねぇか」

言いながらも晴政に向かって歩を進める。恐れを露わにした晴政が、じりじりと後ずさる。

「アンタにしてみりゃ、オレはたしかに無礼な侵略者だろう。だが、オレはどうしても負ける訳にはいかねぇんだ。どうしても止まるわけにはいかねぇんだ」

「政宗様っ」

背後で小十郎の声がした。肩越しにそちらを見る。追いついて来た小十郎の周囲には、家臣たちの姿がある。そのいずれもが、先刻までの亡者への恐怖を乗り越えた、勇敢な顔立ちをしていた。

「アンタの頼みの綱の亡者たちはオレの仲間たちが倒したようだな」

「ば、馬鹿な何度も立ち上がる亡者だぞ」

小十郎が割って入る。

「我らは進むのみ。幾度も甦《よみがえ》る敵であろうと、打ち砕き続けるだけだ」

小十郎が政宗を見て力強くうなずく。『決着をつけろ』と、温かい瞳が語っている。

小十郎の心に応えるように、政宗は刀を突き出し、晴政の鼻先に向けた。

「さぁ、小細工はなしだ」

「むぅ……」

観念した晴政が武器を取る。

小刀を逆手に持った。

「来い」

重たい声を発した晴政が、覚悟を決める。

「OK」

うなずいた政宗が地を蹴った。

半刻が過ぎた。

地に伏す晴政を、政宗は穏やかに見つめていた。

「わしの負けだ」

「アンタもなかなかだったぜ」

世辞ではない正直な気持ちである。

老体とは思えぬ晴政の正々堂々とした戦いに、政宗は満足していた。一国を預かる男の意地を見せつけられ、くもっていた感情が、清々《すがすが》しいほどに晴れ渡っている。

「これよりこの国は伊達に付く。わしの力が必要な時はいつでも申してくれ」

震えながら起きあがる晴政に、政宗は手を差し伸べた。

「そんなことはどうでもいい」

「どういう意味だ？」

晴政が怪訝《けげん》な顔をする。

「オレには倒さなければならねぇ奴がいる。そいつを倒すために、オレはもっと強くならなきゃいけない。今日アンタと戦えて、オレはまた強くなった。それで十分だ」

「伊達政宗……。不思議な男だな」

政宗の手を、晴政が微笑みながら取った。

仲間達が喊声を上げる。

力強い雄叫びを浴びながら、心の中で次第に燃え上がってゆく炎を、政宗は心地よく感じていた。

四

羽州《うしゅう》である。

政宗と小十郎は羽州に兵を進めていた。

この地には狐《きつね》がいる。東北を巡る争いで、幾度も政宗と戦った男だ。

最上義光《もがみよしあき》。

彼の根拠地である長谷堂城を二人は攻めていた。

南部晴政を負かした政宗に、義光が奥州を攻めるための準備を進めているという情報がもたらされた。義光は羽州の狐と呼ばれるほどの策士である。甦った独眼竜の勢いを削《そ》ぐため、政宗が留守にしている間に、奥州を攻めるつもりなのだ。

義光の動きをいちはやく察知した政宗は、南部晴政との戦が終わるやいなや、そのまま羽州へと遠征したのである。奥州遠征の準備に集中していた最上の軍勢は、政宗の奇襲に為《な》す術《すべ》もなく、長谷堂城まで押し込まれる形となった。

難攻不落の要塞、長谷堂城を前にして、政宗の目は堀に浮かぶ大きな船に向けられていた。

工作船。

義光の守る長谷堂城は、城壁を幾重にも巡らし、各所に大砲陣地を設けた堅牢な要塞である。遥か彼方にそびえる本丸と、城外を繋ぐのは、地上の道だけではない。城内を流れる堀も水上の道である。

政宗はこの堀を侵攻の要に据えた。

城外から本丸まで繋がる堀には、幾つかの水門が設けられている。それを地上から侵攻する政宗たちが開き、工作船を本丸まで導き、水上から急襲するのだ。

固い殻に閉じこもる義光をひきずり出すために、水陸両方から攻め、逃げ場を塞《ふさ》ぐ。

絶対に義光を逃がしてはならない。

この羽州を押さえることができれば、東北の地は一つにまとまる。そうなれば、やっと中央に向けての道が開ける。

三成との決戦のためにも、なんとしても義光を倒し、後顧の憂いを断っておかなければならなかった。

遥か彼方に見える本丸を見つめる政宗に、小十郎が語りかける。

「工作船の準備が整いました」

「OK, 狐狩りなんかさっさと済ませようじゃねえか」

政宗が右腕を上げる。周りを囲む家臣たちが固唾《かたず》を呑む。

「Go ahead!　なにもかも払い飛ばしなっ！」

「おおおおっ！」

雄叫びを上げ、家臣たちが走りだす。傍らの小十郎にうなずくと、政宗も地を蹴った。

薙《な》ぎ払う。

薙ぎ払う。

薙ぎ払う。

どれだけの敵を倒したのか数える暇もなかった。ただ真っ直ぐに敵陣を貫き、城内を混乱の渦に巻き込んでゆく。竜の戦意に呑まれた最上の軍勢は、ただただ亀のように守りを固めるしかなかった。

「まずは一つっ！」

政宗が声高に叫ぶと同時に、閂《かんぬき》を外した。敵陣を占領し、水門を開く。

通過する船首で、船長《ふなおさ》が熱い眼差しで礼をする。笑みで応えるとふたたび走りだす。

「政宗様、こちらです」

小十郎が誘う。

奥羽の竜と狐。

たがいに相争う二人である。いつ戦が始まるとも限らない。暗戦は常に行われていた。常日頃から互いの領地を忍《しのび》が跋扈《ばっこ》し、戦力の調査を怠ることはない。

とうぜん長谷堂城の図面も、政宗は入手済みだった。それを分析し、策を立てるのは小十郎の仕事である。

長谷堂城の造りは、すべて小十郎の頭のなかに入っていた。

政宗は小十郎の指し示す方へと誘われるままに駆ける。

「水門はあといくつだ？」

「二つです」

「その先は本丸か？」

「左様でございます」

「OK」

小十郎が竜の爪を向ける先を示す。政宗は迷わず従うのみである。互いに絶対の信頼を置く間柄だからこそできうる連携であった。

独眼竜とその右目。

二人が揃って進む時、立ちふさがることのできる者はいなかった。彼等が走った後には、散々になぎ倒された敵兵が転がるのみ。政宗と小十郎の獅子《しし》奮迅《ふんじん》の戦いぶりこそが、伊達家の柱であった。二人が敵をなぎ倒せばなぎ倒すほど、家臣たちも奮い立つ。そうして伊達の軍勢は一丸となって恐ろしいまでの力を発揮する。

目指す先は二つ目の水門。

政宗と小十郎はまるで一匹の竜のように、長谷堂城内を蹂躙《じゅうりん》してゆく。

「あれか?」

政宗の視界の先に、砦《とりで》が見えた。砦に面する堀に、水門らしきものがある。

「あそこです」

「I see」

つぶやいた政宗が速度を上げた。小十郎や家臣たちを引き離し、一気に水門へと近づいてゆく。

「やらせはせぬっ」

砦を守る軍勢のなか、ひときわ大きな敵兵の姿がある。手には巨大な石の棍棒《こんぼう》をにぎり、それを振り上げる様は、さながら悪鬼のごとくであった。

「痛い目見たくなけりゃ、おとなしくここを通しな」

「できるかぁっ」

「残念だ」

男が棍棒を振り下ろす。

空気を引き裂く轟音《ごうおん》が、政宗の耳を震わせた。

が……。

雷と化した竜を捉えることなどできる訳がない。

棍棒はむなしく空を裂き、砦に深々と突き刺さった。

男の後背に着地した政宗は、すでに水門に向かって走りだしている。

「待てぇぇぇいっ！」

「Sorry, 時間がねぇんだ」

振り返らずに政宗が告げる。

棍棒を引き抜き、男が振り向いた。その瞬間。凄まじい血飛沫《ちしぶき》を胸から噴き出し、男がその場に倒れた。

すでに独眼竜は駆けている。

めざすは二つ目の水門。

いとも簡単に大男が倒され、水門を守る兵たちは恐れたじろいでいる。彼らを薙ぎ払っている間にも、小十郎と家臣たちが追いついてきた。

脇を流れる堀には、上ってきた工作船が見える。

「これで二つ！」

閂を外し水門を開く。それと時を同じくして、工作船が辿り着いた。

「Good timing」

行き過ぎる船を見遣りながら、身体はすでに次の水門に向けて動きはじめている。

「小十郎っ」

「こちらです」

小十郎の視線の先に向かって駆ける。

「次がLastだな？」

「左様でございます」

政宗に負けまいと家臣たちも戦う。先頭を走っていたはずの政宗よりも先に進んでいる者たちが大勢いた。彼等は政宗が二つ目の水門を開いてくれるものと信じ、一足先に三つ目の水門に向かっていた者たちである。主だけに戦わせる訳には行かぬと、家臣たちも踏ん張っていた。

それは小十郎も同様である。

政宗を案内しながら、周囲の敵兵を倒してゆく。政宗の負担が最小限に済むように、できるだけ多くの敵を小十郎が相手にしてくれている。その手際は見事なもので、漠然《ばくぜん》と見ていれば政宗の方が派手に戦っているように見えるが、倒した敵兵の数は完全に小十郎のほうが多い。

しかし、小十郎や家臣たちは解っている。

政宗の相手はあくまで最上義光なのだ。どれだけ多くの敵を倒そうとも、それは政宗を義光の元に近づけるためであって、己が武功を競うためではない。

いかに体力の消耗を最小限に抑え、政宗を義光の元に辿り着かせることができるか？　その一事のために、皆一丸となって戦っているのだ。

その思いが、政宗には痛いほどわかっている。だからこそ、下手なことはできなかった。必ず義光を倒し、羽州を従える。

政宗が皆に応えるためにできることは、それだけだった。

「おぉぉっ！」

「やりましたぜ筆頭ぉっ」

眼前の砦から声が上がった。それと同時に、傍らの水門が開き、工作船が本丸にむかって進みはじめる。

「It' s so cool」

「後は本丸にございます」

「OK」

義光が目の前に迫っていた。

工作船はすでに本丸に到着している。閉ざされた跳ね橋を中から下ろす手筈《てはず》は整っている。

あとは皆がうまくやってくれるのを願うのみ。

喊声が城内から聞こえた。

跳ね橋が下りる。

「行きまするぞ」

小十郎の声にうなずきを返し、跳ね橋が下りきるのを待っていた。

その時だった。

「ぎゃあああっ」

工作船から突入した者たちの悲鳴が聞こえた。

本丸は塀に囲われている。その塀を越え、血飛沫が舞っていた。

悲鳴はなおもつづいている。

跳ね橋が下りるのを待ってはいられない。

いまだ中程までしか下りていない跳ね橋に、政宗は跳んだ。

「政宗様っ」

小十郎も跳ぶ。

二人揃って滑るように本丸前の広場に侵入した。

「なっ！」

眼前に広がる光景に、政宗は絶句した。

工作船にいた仲間達がすべて倒されていた。

やったのは巨大なカラクリ。

木と鉄板で作られた巨大な箱の下部に、鉄の歯車が左右六つずつ、計十二個付いている。その箱の前面らしき所には、大きな鉄製の鉤爪《かぎづめ》のようなものが付いていた。そして、このカラクリの中で一際目を引いたのが箱の後方から伸びている二本の棒状のなにかである。棒状の先端には尖った鉄の部品が取り付けられていた。その鉄の部品が回転している。そして、恐怖に引きつる伊達の兵を、貫き蹴散らしているのだ。

轟音を撒き散らしながら走るこの巨大なカラクリに、先発していた工作船内の家臣たちがことごとくやられていた。

政宗と小十郎の到来を歓迎するように、カラクリは動きを止めたまま微細な振動を発している。

背後で跳ね橋が接地した音が聞こえた。走ってくる仲間達の足音が、政宗の耳に届く。

「来るなっ」

背後の家臣たちに叫ぶ。

足音が止んだ。

カラクリから目を背けずに、政宗は後背の仲間たちに告げた。

「ここはオレと小十郎が預かる。お前たちはそこで見ていろ」

返事はない。が、駆け寄ってくるような素振りもない。皆、無言のまま了承の意を表しているのが、政宗には見ずともわかった。

ぶるぶると揺れるカラクリの向こう。広場が一望できる本丸の門の上に、ひょっこりと男が姿を現した。

青磁色のコートを羽織り、黒鉄の鎧を身にまとい、縦縞の細身の袴《はかま》を着けた華奢《きゃしゃ》な男だ。力強い金色の前立ての付いた古風な兜《かぶと》の下の顔は、まるで公家のごとき青白さで、たくわえた髭がまったくといっていいほど似合っていない。

最上義光。

この城の主であり、羽州を束ねる男である。

「我輩は羽州の狐っ！」

華奢な身体で瓦《かわら》葺《ぶ》きの屋根に立ち、義光は奇妙なポーズをとっている。

「スゴくて！」

ポーズを変えた。

「かしこい！」

また変える。

「狐であるっ！」

ぴんと立った髭を見せつけるように、顔面を突き出すポーズで止まる。言葉の切れ目ごとに格好を変えた様は、その全てにおいてどこか滑稽であった。

「Huh」

政宗は思わず溜息をもらした。小十郎は見てさえいない。そんな二人の姿を意に介することなく、義光は得意気に語りだした。

「久しぶりだねぇ政宗君」

誇張のすぎる芝居染みた語り口に、政宗は答えることすら億劫《おっくう》になる。

構わず義光は語る。

「貴公たちが来ると聞いたんでね。ちょっと早めにお気に入りの玩具を下ろすことにしたんだよ」

「そいつがこれか」

政宗の刀が目の前のカラクリに向いた。

「そうだよ。人呼んで決戦兵器〝超土竜《どりゅう》 角有剛護号《つのありごうご》〟だっ！」

両腕を高々と上げながら義光が語る。義光の動作の一々が、疲れを誘う。まるでそれもが策なのではないかと、疑いたくなるほどである。

「たまたま市場で売りに出されているのを見かけてねぇ。一目見て欲しくなって、思わず買っちゃったんだ。でも、こんなに早く役に立つとは思っていなかったけどね」

「こいつでオレたちをどうするつもりだ？」

苛立《いらだ》つ角度に義光の口角が上がり、芝居染みた手が尖った髭をつまんで伸ばした。

「決まってるじゃないか。我輩の城を壊してくれたさっきの奴等のように、貴公たちも我輩の超土竜角有剛護号の餌食になってもらうよ」

「相変わらず卑怯《ひきょう》な手を使わせたら一流だな」

「素晴らしい策略だと言ってほしいな」

家臣が城門を登り、義光に湯飲みを渡す。それをしげしげと眺めてから、ゆっくりと口に運ぶ。

「うん。やっぱりお茶は玄米茶にかぎるね」

同意を求めるように政宗に問う。

答える気にもなれない。

「さぁ、どうするかね？　貴公が大人しく観念して、奥州を手放すと言ってくれるのなら、このまま帰してやろう。でも、どうしても我輩に逆らうと言うのなら、この超土竜角有剛護号で貴公た……」

義光が語り終えるよりも早く、超土竜角有剛護号の右の角が折れた。

「なっ！」

何が起こったのか解らぬといった様子で、義光が目を丸くする。

角は折れた訳ではなかった。中程から斬られている。

先刻まで政宗の隣にいたはずの小十郎が、いつの間にか斬り落とされた角の断面に立って、義光を睨みつけていた。

「テメェのような小物の戯言《ざれごと》にこれ以上政宗様を付き合わせる訳にはいかねぇ」

義光の右の頬が痙攣《けいれん》している。

「か、片倉君。わ、我輩を小物呼ばわりとは聞き捨てならないなぁ」

「おいおい、お気に入りの玩具を傷つけられたのは良いのかい？」

「良かないよっ！」

政宗の問いに、義光はヒステリックに叫んだ。

「ど、どうやら貴公たちは生きて帰るつもりはな……」

またも義光が言い終わるよりも早く、超土竜角有剛護号の左の車輪が三つほど弾け飛んだ。すでに小十郎は超土竜角有剛護号の上から消えている。

「か、片倉君っ！」

引きつけを起こさんばかりの、悲鳴にも似た義光の絶叫。それをまるで涼風のごとく、聞き流しつつ、小十郎は口を開く。

「早く動かさないと、活躍する前に鉄屑《てっくず》になってしまうぞ」

「わ、解ってるよっ！」

義光の指が政宗と小十郎を交互に指す。

「は、早く、この二人を潰してしまいなさいっ！」

命令とともに、傷ついた超土竜角有剛護号が、轟音をたてて動きだした。左の車輪が欠けた超土竜角有剛護号は、進む度に左右にがたがたと揺れている。

一本だけ残された鉄の角が、政宗の方を向いた。

「OK」

政宗は身構えた。

「お止めくだされ政宗様っ」

小十郎の鋭い声が飛んだ。

「こんなガラクタを斬れば、政宗様の刀が汚れましょう」

「な、なにがガラクタだって？」

義光の声を無視しつつ、小十郎が続ける。

「ガ、ガ、ガラクタは、この小十郎にお任せを」

これみよがしに、ガラクタという語を強調しつつ、小十郎が言ってのける。

政宗は目を伏せ、刀を鞘に納めた。

「頼んだぜ」

うなずいた小十郎の姿はすでにその場から消えていた。

義光や、最上の軍勢はおろか、伊達の家臣たちにも小十郎がどこに消えたのかわからなかった。

唯一、政宗だけが正確に小十郎の姿をとらえていた。

ガラクタの上空。

小十郎は跳んでいた。

華麗に身をひるがえし、ガラクタの真上を飛翔していた。

まるで獲物を狙う猛禽《もうきん》のように、悠然と舞っていた身体を一気に急降下させる。

ガラクタの上部に着地した。

それと同時に、皆が小十郎の居場所を確認する。

刹那……。

一本だけ残されていた鉄の角が、先刻同様、中程から落ちた。

「ひぃいいいっ！」

義光の悲鳴。

芝居っ気たっぷりの羽州の狐に、ちらりと視線をやると、小十郎は再び地上に降りた。

今度はガラクタの真正面である。

角を失った土竜は、がたがたと歪な機械音をあげながら、小十郎を視界に納めたようだった。

「来い」

端然と小十郎が告げる。

ガラクタに残された武器はもう突進しか残されていない。その正面に立ち、堂々と言い放った。

明らかな挑発である。

己の何倍もの大きさを有する兵器を、淡々と挑発して見せる小十郎の姿に、周囲の者たちがすっかり呑み込まれている。そんな中、唯《ただ》一人政宗だけが、平然と小十郎を見つめていた。

元々、小十郎という男はそういう男である。

常に冷静であるから誤解されてはいるが、感情が無いわけではない。

怒りもするし喜びもする。ただそれが、人よりも悟られ辛《づら》いというだけである。

今、小十郎は怒っている。

近年稀に見るほどに怒っている。

高飛車な態度と、このようなカラクリ兵器に頼らねば戦一つできない卑怯なまでの器の小さ
さ。義光のそういった性格が、小十郎がおもう武将の器量から、凄まじく外れているのだ。

政宗には小十郎の心の怒りが、声となって聞こえてくる。

『テメェのような奴が、平然と人の上に立ってるんじゃねぇ』

冷静さを繕っている小十郎の胸の奥底には、激しい炎が燃え盛っていた。

義光を完膚無きまでに否定したい。その衝動に突き動かされ、小十郎は超土竜角有剛護号の
前に立っているのだ。

卑劣な性根が頼るカラクリ兵器。それを真正面から打ち砕くことで、義光を否定しつくす。

それが、小十郎が正面に立ち、挑発した理由だった。

政宗には、そんな小十郎の細やかな情動の一つ一つが手に取るように解った。

「どうした？　早くかかって来い」

言いのける小十郎の目の前で、ガラクタがどるどると唸《うな》る。超土竜角有剛護号が不吉な唸り
声を上げる度に、土煙が上がった。

一際大きな土煙が上がり、ガラクタが凄まじい速さで動きだした。小十郎に向かって一直線に突進してくる。

眉一つ動かさず、小十郎は待ち構える。

それまで固唾を呑んで見守っていた家臣たちがたまらず声を上げた。

「小十郎様っ」

小十郎は動かない。

ガラクタが、小十郎が立っていた場所をわずかに通り過ぎ、止まった。

轢《ひ》いてしまったのか、小十郎の姿が見当たらない。

けたたましい義光の笑い声が聞こえた。

義光がなにかを見下ろしている。政宗は土竜を回り込むように、走った。

小十郎が立っている。

ガラクタの脇だ。

突進してきた超土竜角有剛護号を、小十郎は既《すん》でのところで避けていた。

「あれだけ強がりを言ってたくせに、やっぱり怖くて逃げだしたんだね」

嫌らしい声を浴びせかけられながらも、小十郎は動かない。

竜の右目が握る刀の切っ先が、高々と天に向かって伸びている。

「どうしたんだい？　あまりの恐怖で動けなくなったんじゃないだろうね」

義光の声を聞き流しつつ、小十郎が土竜に背を向けた。華麗に、そして悠然と、刀を鞘に納めた。

ぱちんと、鯉口《こいぐち》が鳴る。

その瞬間……。

動きを止めていたガラクタが、ぐらぐらと揺れ出した。それもわずかの間である。小十郎が立っていた辺りから、斜めに小さな亀裂が走った。

亀裂は見る見るうちに広がると、超土竜角有剛護号を二つに引き裂いた。

小十郎は見もせず、政宗の方へ歩く。

二つに分かれた巨体を支え合い、しばらく形を留めていたガラクタが、自重に耐えられなくなり、無残に崩れた。

爆発。

広場が炎に包まれる。

紅の翼を背に、竜の右目が主の元へと帰還した。

「後は頼みましたぞ」

告げる小十郎の背後に炎が揺れる。熱い靄《もや》の向こうに、怯える狐の顔が見えた。

五

残骸と化した超土竜角有剛護号が散らばる本丸の前庭で、政宗は義光を待つ。カラクリ兵器をけしかけていた時の余裕が消え、右の眉をひくひくと引きつらせながら、義光は政宗の前に現れた。

「人の家に勝手に上がりこんでやりたい放題だねぇ、政宗君」

色白の左の額に、太い青筋がくっきりと浮かんでいた。

「最初に仕掛けて来たのはアンタのほうじゃねぇか」

「ん？」

政宗が留守にする奥州に攻め入ろうとしたことを、義光は首を傾げて恍《とぼ》ける。そんな狐の姑《こ》息《そく》な素振りを無視しつつ、政宗は刀を突き出した。

義光の鼻先に、切っ先を向けて語る。

「アンタごときに時間を食うと、小十郎が機嫌を損ねちまうから、ちゃっちゃと終わらせるぜ」

義光の視線が、政宗の背後にちらりと向けられた。おそらく小十郎を見たのだろう。先刻の超土竜角有剛護号との戦いを目の当たりにしているせいか、義光の目が微妙に泳いでいる。

小さな咳払《せきばら》いを一つすると、義光が視線を政宗に戻した。

「あんまり我輩を見くびらない方が良いよ、政宗君」

「Ha!　上等じゃねぇか」

義光が、ぬるりと刀を構えた。細身の刀身。日本刀よりも幾分短い変わった形の刀であった。

「最近大人しくなったともっぱらの評判だったのに、こんなに暴れちゃって、いったいどうしちゃったんだい政宗君」

優雅な動作で刀を構える。右手だけで握った細身の刀を肩の高さで保ち、切っ先をわずかに下げる独特の構えだった。

「天に昇る竜は、沼の中で力を蓄える。人はそれを臥竜《がりょう》と呼ぶ」

「そのままずっと水中で大人しくしていれば良かったのに」

「臥竜はかならず天をめざす」

政宗も構えた。もちろん一刀である。この程度の相手に六爪を使う気はない。

「思いあがりも大概にしないと、また痛い目を見ることになるよ」

皮肉たっぷりに笑ってみせる義光。その顔はあからさまに、三成への敗北を嘲笑《あざわら》っていた。

政宗の身中で怒りが滾る。

「貴公には少々御仕置きが必要なようだねぇ、政宗君」

「その減らず口が二度と利けねぇように、アンタの上唇と下唇、きっちり縫いあげてやろうじゃねぇか」

「さぁっ、来たまえ」

叫びざま、義光はひらりと後方に跳んだ。

政宗が追おうと踏み出した直後、前庭を囲う塀の上から、物凄《ものすご》い破裂音が鳴った。

「Shit!」

突然己に殺到した殺気の奔流を察知し、政宗が身をひるがえす。と、いままで政宗がいた辺りを銃弾の雨が襲う。

超土竜角有剛護号の残骸の陰に、政宗は隠れた。

「卑怯なっ」

成り行きを見守っていた政宗の家臣たちから野次が飛ぶ。

手にもった細身の刀をゆらゆらと振りながら、義光がにやけ顔で口を開く。

「卑怯？　戦は勝ってこそ意味がある。負けぬために敵を欺く。それが策。それが戦の常道」

政宗は残骸の陰から義光をうかがった。

義光の刀が、政宗の隠れている辺りを指す。

銃弾の雨が政宗を襲う。

飛び退《の》きながらかわすが、義光との距離は次第に遠ざかってゆく。

視界の端で小十郎が跳んだ。

目で追う。

塀の上だ。

銃を手にした最上の兵を、縦横に斬り伏せてゆく。

「あぁ片倉君っ！　余計な真似をっ」

地団太を踏む義光。

鉄砲隊を小十郎に任せ、政宗は残骸から飛び出した。

歯ぎしりする義光が政宗を見付けた。

「暴力反対っ！」

叫びながら脱兎《だっと》のごとく逃げる。

「逃がさねぇぜ」

追った。

乱雑に散らばる残骸の中を、義光がちょこまかと逃げ回る。幾度も角を折れているうちに、いつのまにか狐の姿は消えていた。

立ち止まり、義光の気配を探る。

静まりかえった前庭に、人の気配はない。

本丸に帰ったのか？

いや。

そんな暇はなかったはずである。

必ず義光はこの前庭にいる。

「どこに隠れやがった」

左目で探る。

刹那。

小さな残骸の陰から、銀色の閃光《せんこう》が政宗に向かって飛んできた。

上体を反らして避けるが、閃光が頬をかすめた。

血飛沫が舞う。

「紳士は常にぼんやりしないっ！」

義光だ。

人が隠れることなどできそうにない小さな残骸の陰に、義光は隠れていた。窮屈なほどに身を縮こませて、政宗の隙をうかがっていたのだ。

「やるじゃねぇかGentleman」

反らした上体を軋ませ、政宗は必死に攻撃に転じようとした。しかし、とっさに回避行動を取っていた身体では、一刀を繰り出すまでに若干の挙動の修正を要する。

そんな政宗の都合を、義光はお見通しであった。

政宗が重心を移動させ、刀を振るおうと踏ん張るまでの間に、鋭い突きを三発ほども浴びせかけてきた。

したたかに全身を斬られる。

「そういえば今日の玄米茶には、茶柱が十本も立っていたんだよ」

茶化すような言葉を投げながら義光は、政宗の斬撃が襲うころには、すでに逃走を図っている。

政宗の刀が空を斬った。

一際大きい残骸に立ち、華奢な身体をくねくねと曲げ、義光がポーズをとる。政宗を見下す視線が、完全に勝ち誇っている。

「あぁ我輩よ、君は何ゆえ優れている？」

みずからの言葉に酔っている。

義光が増長すれば増長するほど、政宗の怒りは高まってゆく。

義光を始末したい。

どうしてあの程度の男にてこずっている？

怒りが身中を支配してゆく。

政宗の瞳に映るのは、義光の姿のみ。他はなにも見えなかった。耳から入ってくるのは、愉悦に浸る義光の声だけだ。

いま現《うつつ》にあるのは、己と義光のみ。閉鎖された空間に、二人が対峙する。

「お静まりなされよ政宗様っ！」

閉ざされた世界を突き破るように、小十郎の声が政宗を打った。

小十郎の声は続く。

「狐と同じ土俵に上がられますなっ！　卑劣な奴の手に乗れば、どこまでも翻弄されまするぞ」

「だ、誰が卑劣だって？　聞き捨てならないな片倉君」

口を尖らせ、地団太を踏む義光を尻目に、政宗は背後で見守る小十郎に目を向けた。信頼する竜の七つ目の爪は、腕を組んだまま力強き視線を政宗に投げていた。

「己が戦を貫きなされよ政宗様」

「OK」

小十郎の言葉で、熱くなっていた頭が一気に冷めた。

小十郎の言う通りだ。

このまま義光を追う戦いを続けている限り、勝つことはできない。先刻までの戦いは、完全に義光が支配していた。狐の姑息な手に乗せられ、みずからの戦いを完全に忘れてしまっていた。

構えていた刀をだらりと下げ、政宗は瞼《まぶた》を閉じると、大きく息を吸った。

「おやおや、観念したのかい政宗君」

義光の挑発的な声を耳にしながら、ゆっくりと息を吐いてゆく。

目を開き、義光を見た。

「まいったと言って頭を下げるのなら、許してあげないこともないんだよ」

髭を撫《な》でつける義光から視線を逸らすことなく、刀を構える。

「さぁ政宗君。降参するなら今だよ」

「降参？　Ha!」

鼻で笑う。

「なにがおかしいんだい？」

「遊びはここまでだ」

残骸の上に立つ義光に、切っ先を向ける。

「Hey, Gentleman, 降参するんなら今のうちだぜ」

義光が頰を引きつらせる。あまりにも解り易い態度だった。

「そうかい、そうかい。そんなに死にたいんなら、死ねば良いさ」

にやつく義光が言葉を継ぐ。

「もう降参するって泣いて頼んでも、許してあげないからね」

告げると同時に、義光が政宗の視界から消えるように残骸の背後に向かって飛び降りた。

再び残骸の中を隠れ回るつもりである。

「Ha, だから言っただろ。遊びはここまでだって」

小十郎の言葉通り、もう狐の土俵には上がるつもりはなかった。

ここからは独眼竜の戦い方を貫く。

両足から腰、腰から肩、肩から腕へと力を伝える。

全身を十分に回転させながら、目の前の残骸に向かって刀を振るう。

「Go!」

蒼い衝撃波が残骸に向かって飛ぶ。

気魄《きはく》を込めた斬撃が、巨大な残骸を真っ二つに斬り裂いた。

「な、な、な、なななななっ！」

割れた残骸の向こうに義光の姿が見えた。義光は着地する寸前に斬撃に襲われ、運良く直撃は免れたものの、左の腕をかすめていた。青磁色のコートの袖が吹き飛び、鎖帷子《くさりかたびら》に覆われた腕が露わになっている。

予想外の事態に、焦った義光が着地に失敗した。そのまま地面に腰を痛打し、動きが止まる。

政宗の目は義光だけを見ていた。が、先刻までのように、怒りに支配され視界が狭まっている訳ではない。周囲の状況を十分に判断しながらも、義光に集中している。

「く、来るなぁ」

残骸を掻き分け近付いてくる政宗を恐れ、義光が刀を振り回す。

あと一度跳躍すれば、義光に刃が届く距離まで来た。

もはや義光は狐ではない。

追い詰められた鼠《ねずみ》であった。

雷光に包まれた竜に怯えるように、義光が痛む腰を上げ、腕と足で這《は》って逃げはじめた。その姿は浅ましい獣である。

「ひぃぃぃっ」

政宗は無言のまま追う。

どれだけ逃げようとも、もはや悪あがきである。誰の目にもどちらが勝者かはっきりしていた。

これまでの高貴な素振りからは考えられないほどの醜態を晒しながら、義光が前庭を逃げ回る。追う政宗が振るう刃を、器用にかわしながら逃げる。

義光が残骸の下に隠れた。

「無駄だ」

見えなくなった狐に声をかけつつ、政宗が残骸を斬り飛ばした。

いない。

潜り込んだはずの義光が消えている。

いきなり脇腹に激痛が走った。

残骸だ。

吹き飛ばした残骸にしがみついて義光は消えたのだった。

残骸の陰から現れた義光の刃が、政宗の脇腹を抉《えぐ》っていた。

窮《きゅう》鼠《そ》猫を噛む。

追い立てられた義光は、必死の思いで反撃の一刀を繰り出した。

「上等……」

痛みを堪《こら》えながら政宗は、手にもった刀を素早く鞘に納めると、怯える義光の顔を片手で握った。

「ひっ」

両の頬を握られた義光が悲鳴にも似た声を上げた。

ぎりぎりと顎が軋む音を聞きつつ、義光をつかんだ手に力を入れてゆく。

怯える義光の手から、刀が離れる。それを確認すると、自由な方の手で脇腹に刺さる刃を抜いてゆく。

「た、たふけへぇ」

閉まらない上下の顎を動かし、義光が哀願する。

「助ける？　Ha, 笑えねぇ冗談だな」

政宗の左の目に殺気が籠《こも》った。

三本もの刀を同時に握り六爪流を操る政宗である。その握力には尋常ならざるものがあった。

強烈な握力を有する政宗に顔面を摑まれた義光は、すでに抵抗する力すら失っている。あれほど悪あがきをつづけた狐も、独眼竜の全身から滲みでる圧力と殺気の前では、哀れなくらいに大人しい。

ぎちぎちと義光の顔の骨が軋む。

すでに狐は白目を剝いている。

「独眼竜を舐《な》めたらどういうことになるか、アンタの身をもって知ってもらおうか」

「ゆ、ゆるひて……。おねはい」

義光の目から涙が溢《あふ》れだした。次々にこぼれ落ちる涙が、白目を潤す。

もう政宗は答えなかった。言葉の代わりに、徐々に手の力を強めてゆく。

ぴしっという乾いた音が、義光の頬で鳴った。もう少し力を強めれば、狐の顔は砕けることだろう。

その時だった。

突然、政宗の手首を誰かが摑んだ。

「もう十分でしょう」

「小十郎」

政宗は手の力を弱めた。すでに気を失っていた義光が、どさりと地面に落ちた。独眼竜のあまりの凶暴さに、それまで近寄ることさえできずにいた最上の家臣たちが、堰《せき》を切ったように義光へと駆け寄る。いずれの手にも武器はない。すでに敗北を認めている。彼等はただ己の主君が心配でならないのだった。義光を抱きすくめる家臣たちの姿を見下ろしながら、政宗はぼんやりとした口調で小十郎に問うた。

「殺そうとしたのか？」

黙したまま小十郎がうなずく。

「ま、まさか」

しかし……。

記憶も感覚もある。たしかに政宗は義光をその手で殺《あや》めようとしていた。

どこかで止めようとしていた自分もいた。でもどうすることもできなかったのである。

我を忘れてしまっていた。

あまりに小賢しい義光の戦いぶりと、どこまでも挑発的な態度に、頭に血がのぼっていた。そして、最終的に脇腹を刺されたことで、自制する心を、完全に失ってしまったのである。それからはどこか他人事のように、苦しむ義光の姿を眺めている自分がいた。

これまでも数えきれないほど人の死を目の当たりにしてきた。己の手で殺めたこともある。

それが戦国の世だ。

しかし、義光に対する心境はこれまでのいずれとも違っていた。

譲ることのできない大切な想いや、志のために人は戦う。相容《あいい》れない立場であるからこそ、命を賭して刃を交えるのだ。その末にもたらされる死ならば、どちらが悪いということもない。

人を殺めることは悪である。

それは揺るぎない事実だ。仏法や神の摂理に照らし合わせるまでもない。

それでも人は戦い、そして死ぬ。

だからこそ、互いの心が重要なのだ。守るべきもののため、夢のため、戦い、そして散ってゆく。

そこに善悪はない。

敵も己も覚悟はできている。結果として生死を分かつことはあろうとも、そこにあるのは純粋な闘争なのだ。

しかし、今回の政宗は違った。

義光を手にかけようとした時、政宗の胸を覆っていた想いは、どこまでも暗い闇であった。底なし沼に顔まで浸かり、身動きさえできないなか、目の前でただ怯えることだけしかできない義光に対し、邪悪な殺意のみをひけらかしていたのである。

殺すことを楽しんでいた。

怒りという名の邪悪な棘《とげ》が、政宗の心を貫き、暗き情念で支配してゆく。

おぞましい感覚に吐き気さえ覚えた。

「こ、小十郎。オレは……」

義光を介抱する最上の家臣たちだけではなく、仲間たちでさえ怯えた目で政宗を見ている。

「己を見失って得た勝ちにどれほどの価値がありましょうや？」

小十郎の言う通りだった。

もはや義光に抗う力はない。それは最上の家臣たちも同様である。皆、心底政宗を恐れている。

しかし、勝ったとは口が裂けても言えなかった。

空《むな》しい。

これほど苦い勝利を味わったことはない。

力ずくで敵の頭を抑えつけ、無理矢理敗北を認めさせるなど、政宗の流儀に反している。

その果てに得られた勝利などいらぬ。

しかし。

過ぎ去った時は戻ってこない。それも道理である。

最上義光との戦で得た勝利は、政宗がいくら否定してみようとも、揺るぎようがない。

「怒りを乗り越えなされよ政宗様。でなければ、このまま勝ち進もうと、それは独眼竜の勝利ではない」

このままでは駄目なことくらい、周囲の有り様を見れば解る。

「このまま怒りに呑み込まれてしまえば、行く末に待つのはあの男と同じ宿命」

小十郎の言葉が胸を打った。

あの男……。

石田三成と同じ宿命が待っている。

秀吉を家康に討たれた三成は、復讐の鬼と化しているという。怒りに心を焼かれ、もはや志も夢もない。あるのは家康への復讐のみである。

たしかに小十郎の言う通りだった。

このまま三成への道を怒りだけで突き進めば、奴と同様の末路に辿り着くのは必定である。

「らしくねぇ……。らしくねぇな」

うつむく政宗の肩に、小十郎が触れた。

「迷いなされよ政宗様。迷い悩んだ末にこそ、きっと独眼竜の見据えるべき天があるはず」

「そうだな小十郎」

どこまでも苦い勝利の味を噛みしめながら、政宗の左目は未だ見えぬ天を探していた。

六

深夜の密林を駆ける。政宗は、馬にまたがり、明瞭ならざる行く先を見つめていた。獣道である。

夜通し駆けるつもりだ。東の空が明るくなるころには、目的の地に辿りつけるだろう。上田城。

政宗にとっては、因縁浅からぬ城である。

上田城にはあの男がいる……。

幾度も死戦を繰り広げ、互いを認める間柄となった男だ。

男の名は真田《さなだ》幸村《ゆきむら》。烈火のごとき魂を、若くしなやかな身体に包みこんだ、猛々《たけだけ》しき男である。甲斐の虎、武田《たけだ》信玄《しんげん》を師とも父とも仰ぎ、日々精進を旨とする常に前向きな男。それが真田幸村である。

政宗はことあるごとに、幸村と戦場を共にした。時には敵として、またある時は味方として、互いに競い合いながら心をぶつけた仲である。

幸村との再会を果たすため、政宗は駆けていた。寄り道である。

目的の場所はまだまだ先。駿府《すんぷ》の徳川家康こそが、政宗が次に会うべきと定めた相手であった。

上田城は通り道。どうせ領内を通るのであれば、幸村に挨拶のひとつでもしておこうというそれだけの理由で、政宗は上田城をめざしていた。

噂では甲斐の虎が病に倒れ、幸村が当主として武田家を支えているらしい。

信玄という偉大な主君の遺志を継ぎ、一国を束ねることになった幸村の顔が見たかった。そして、語らいたかった。

互いに不器用な性格である。言葉などという無粋なもので語らう気はない。

刃を交え、心を交える。

幸村の二本の手槍から繰り出される炎のような刺突に、幾千幾万語を費やそうとも足りないほどの声が聞こえる。熱き魂を乗せた心地良い攻撃に応えるように、政宗も六本の刃で語る。

三度《みたび》戦乱へと戻ったこの国で、甲斐の若虎は、いかに行く末を見定めているのか？

思う存分語らい合いたかった。

政宗は、家康に会いに行くことが、どういう結果を生むのか、いまだ見定めかねている。

戦うのか。それとも結ぶのか。打倒石田三成という同じ想いを持つ者同士、どのような形となるのか、政宗自身にもわからなかった。

だからこそ、幸村に会いたかった。

幸村に会って、彼の見定める戦いの形を聞き、そのうえで家康と己とのあり様を考えるつもりである。

瞑目し、腕を組んだまま馬に身体を預け、林道を行く。丑《うし》三つ刻をとっくに過ぎた森は、しんと静まりかえり、蹄《ひづめ》が地を蹴る音だけが響いていた。

「？」

行く先になにかを感じる。

獣でもない。

人でもない。

なにか居るが、それがなんなのか判然としない。ぼんやりとした気配が、政宗たちの前にゆらめいていた。

「出迎えとは思えませぬな」

隣を行く小十郎も気付いたらしく、眉間に皺を寄せて、闇に潜む気配を探る。

政宗は右手を上げた。

速度を落とせという合図だ。

調子良く響いていた蹄の音が、段々と静まってゆく。

「あれは？」

小十郎が問う。

政宗は小十郎の視線を追った。

なにかが浮かんでいる。

青い。

一つ二つ……。

八つだ。

青い光が八つ。円い軌道を描きながら、空中に浮かんでいる。

政宗はもう一度おおきく右手を上げた。

止まれの合図。

小十郎をちらと見た。うなずきが返ってくる。

二人して光にむかって馬を進めた。

玉だ。

光だと思っていたのは、青色に輝く八つの玉だった。一つ一つが人の頭ほどある玉が、浮かんでいる。八つの玉がゆらゆらと虚空に浮かんだまま円を描く。

その玉は、宝玉と見紛《みまが》うほどの輝きを秘めているくせに、どこか不吉な念を感じさせる。

政宗は小十郎とともに、青い光に近付いてゆく。

「禍々《まがまが》しき世に蠢《うごめ》く羽虫どもよ。これより先に進むとあらば、握り潰してくれようぞ」

八つの玉が描く円の中央から、かすれた声が響いた。

ない。

「筆頭っ！」

「小十郎様っ！」

背後で見守っている家臣たちが叫ぶ。政宗は掌でそれを制しながらも、視線は玉から逸らさない。

「物の怪《け》？」

「Ha!　砕いて通るだけだ」

闇が震えて声となる。

「愚かなり」

円を描く青い玉の速度が上がる。加速する玉はみるみるうちに一つの巨大な円となった。同時に、まばゆさが増す。

闇を裂く青い光。目もくらむほどの輝きが徐々に、像を成す。

細く白い布切れで全身をぐるぐる巻きにした男の姿が闇に浮かぶ。宙を舞う輿《こし》の上にあぐらをかき、細い腕をゆらゆらと動かしている。蛾《が》を思わせる兜の下から覗《のぞ》く瞳は白く、その中央に小さな黒点があった。

なんとも禍々しい姿である。

「OK,化け物退治と洒落《しゃれ》こもうじゃねぇか」

政宗が刀を抜く。飛び出そうとすると、小十郎が制した。

「お待ちください」

「どうした？」

小十郎の目は眼前の物の怪を見ていない。その頭上、林立する木々の、ひときわ太い枝の辺りに視線は注がれている。

小十郎が跳んだ。

すでに刀は抜かれている。

一閃。

枝が中程から折れた。

すると、それまで政宗の眼前に立ちふさがっていた布切れ巻きの男が、青い玉もろとも闇に消え去った。

政宗の前方に着地した小十郎の手には、刀が握られたままである。

虚空を睨み、小十郎が口を開く。

「我等を愚弄すると、許さぬぞ」

「あらあら、やっぱりあんたはお見通しだったたって訳ね」

それまで布切れ男が立っていた場所に、男が立っている。

今度は政宗も良く見知った顔であった。

「武田の忍……。てめぇ」

「久しぶりだね独眼竜」

飄々《ひょうひょう》とした口調で語る懐かしい声は、たしかに佐助《さすけ》のそれであった。森に溶け込むのに適した緑の濃淡と茶色で彩られた装束と、後ろに流した赤茶色の長髪。両手に握られた巨大な手裏剣。そのいずれもが、紛《まご》うかたなき猿飛《さるとび》佐助のものである。

「おい武田の忍。出迎えの余興にしちゃ、全然笑えねぇな」

政宗の声に、佐助は肩をすくめる。

「別に余興って訳じゃないんだけどね」

「ではあの男はなんだ？」

小十郎が問う。

あの男とは、先刻佐助が見せた幻影の布切れ巻きの男のことである。

「あら、あんたたち知らないの？」

佐助が目を丸くする。口ぶりから、布切れ巻きの男は、佐助が作り出した虚像ではないことが窺《うかが》える。

布切れ巻きの男は実在するのだ。実在する男を、佐助は再現したのである。

「そっかそっか。あんたたち奴のことを知らなかったか。せっかくの俺様なりの贈り物だったんだけどなぁ」

「どういう意味だ」

政宗の問いかけを聞き流しながら、佐助がぼりぼりと頭を掻く。

「あのさぁ……」

溜息混じりに佐助が言う。

「悪いけど、ここで帰ってくんない？」

「What?」

「だからぁ。このまま帰ってくんないかって言ってんだけど」

「訳を聞かせてもらおう」

小十郎が問う。

佐助が目を伏せて首を振る。

「訳なんかどうでも良いだろ。あんたたちの目的は真田の大将じゃないんだろ」

佐助の言う通りである。政宗の目的はあくまで家康だ。

「このまま領内は通らしてあげるからさぁ、上田城は素通りしてもらいたいんだよね」

「どういうことだ」

「だから訳なんてどうでも良いって言ってんだろ」

しつこく迫る小十郎に、いらだちを露わに佐助が答える。

「とにかく城を素通りしてくれ。いまあんたたちを真田の大将に会わせる訳には行かないんだ」

「おい武田の忍」

政宗が小十郎よりも前に出た。切っ先を佐助に向ける。

「アンタのこの行動、あの男……。真田も知ってんのか?」

「いいや」

佐助が首を左右に振る。

「なるほど」

政宗が大きく踏み込む。佐助との間合いが一気に詰まる。が、佐助は微動だにしない。鼻が触れ合うほどの距離で、睨みあう。

「真田が知らねぇってんなら、アンタの頼みは聞けねぇな」

「どうなっても知らないよ」

「その思わせぶりな言葉を聞いてると、余計に会ってみたくなっちまうぜ」

「そこまで言われると……」

佐助の両腕が銀色に光る。

政宗はとっさに刀を構え、顔面をかばった。

鼻先で火花が走る。

目の前にはもう佐助の姿はない。

「だったら力ずくで止めるしかないじゃない」

政宗の頭上の枝の上から佐助の声が聞こえる。

「政宗様っ！　ここはお任せを」

小十郎の叫び声が、佐助に向かって飛ぶ。

刃と刃が交錯する甲高い金属音が、木々の間を忙《せわ》しなく行き交う。遠くで見守っている家臣たちには、二人の姿は見えていないようで、あんぐりと口を開けたまま目をぱちくりさせている。

政宗には二人の攻防が見えていた。

枝から枝へと絶え間なく飛びまわり、戦っている。

その姿はまるで、懐かしい友との再会を喜びあっているように、政宗には見えた。

通せぬと言っておきながら、佐助は笑っている。小十郎との戦いを楽しんでいるようだった。

佐助という男は、常に摑みどころがない。どんな難局であろうとも、飄々とした態度を崩さない。負け戦の厳しい撤退の最中にも、笑顔を絶やさない男である。

恐怖や悔恨とは無縁な男。

それが佐助だ。

人には誰しも様々な感情がある。実際の佐助は、政宗の抱く姿とはかけ離れているかもしれない。しかし、戦場で接する佐助は、少なくとも負の感情とは無縁であった。

多弁な佐助が一言も発せず、戦っている。元来、言葉の少ない小十郎に合わせている風でもなかった。

佐助と小十郎も、政宗と幸村と同様、刃で語るだけで互いの思いが知れるのだろう。

突然、小十郎が力強い一撃で、佐助を地面に叩きつけた。

あらぬ方を見ていた家臣たちが、いきなり起こった柱のような土煙に驚く。

したたかに背中を打ちながらも、佐助が必死に体勢を整えようとする。しかし、そんな間を与える小十郎ではない。落下する勢いのまま、渾身《こんしん》の一撃を佐助へ振り下ろす。

「ったく。馬鹿力なんだから」

つぶやきながら佐助が後方に退いた。

収まりかけていた土煙が、小十郎の着地でふたたび舞い上がる。

一瞬、佐助が小十郎を見失った。

政宗の目にも、小十郎が消えた。

薄まってゆく土煙の中に、小十郎が……。

居ない！

周囲の気配をうかがい佐助が警戒を強める。

政宗も必死に小十郎の姿を探す。

家臣たちは見失うことに慣れ過ぎているようで、端《はな》から探すつもりがない。

初めに気付いたのは佐助であった。

さすがに忍である。

上空に視線をやるやいなや、凄まじい勢いで跳躍した。

政宗は佐助の姿を追った。

居た。

小十郎だ。

土煙に紛れて跳んだ小十郎は、頭上から佐助を襲撃する気であったのだろう。しかし、わずかに早く佐助に察知されてしまった。

二人の刃が空中で激しくぶつかる。と、小十郎の太刀と交わっていない方の手裏剣が、あらぬ方に飛んだ。

いや。

佐助は狙って飛ばしたのだ。佐助の真意が知れた時には、小十郎にとってもすでに機を逸していた。

くるくると回転する手裏剣は、幾度も小十郎の身体の周りを飛んだ。足先から太股に向かって小十郎の身体を上ってゆく。

「くっ」

小十郎の呻きが、聞こえる。気付けば両足が、ぴんと伸びた状態で、棒立ちになっていた。

佐助の手裏剣に仕込まれた細い鉄の糸が、小十郎の足を雁字《がんじ》搦《がら》めにしている。

「さぁ、動きを封じられちゃった訳だけど、どうする？」

余裕綽々《しゃくしゃく》に語る佐助が、身動き取れないまま落下する小十郎の身体を蹴り飛ばした。ぐるりと回転した小十郎が、速度を上げながら頭から落ちてゆく。

「小十郎っ！」

政宗は駆けた。

もごもごと身体をくねらせ、鉄の糸から抜け出そうと試みる小十郎。太刀で斬ろうとしてみるが、頑丈な糸は断ち切れない。

落下地点に駆け寄る政宗。

家臣たちも同様に駆ける。

「一対一の戦いだぜ、邪魔するなよ」

枝の上に立ち、太い幹に身体を預けたまま、佐助が手裏剣を投げた。家臣たちの目の前あたりの地面に突き立つと、鉄の糸を巻き上げてふたたび佐助の手に返る。

警告を受け立ち止まる家臣たち。

政宗は構わず駆ける。

「ったく。しょうがないな」

佐助が跳んだ。

小十郎を助けようと駆ける政宗めがけ、手裏剣を構える佐助が飛来する。

「邪魔するなって言ったでしょ」

「うるせぇっ！」

怒りにまかせ政宗は刀を投げた。

狙いは佐助の眉間。

殺すつもりで投げた。

「なっ！」

さすがの佐助も、必殺の一撃をかわすには、それなりの体捌《さば》きが必要だった。政宗への追撃を諦め、回避に専念する。

その間にも、政宗は小十郎に向かって走った。

すでに小十郎は地面に落下する寸前である。

「小十郎っ」

政宗は地を滑った。

鳩尾《みぞおち》の辺りを凄まじい衝撃が襲う。

「ぐふぅっ！」

口の端から鮮血が溢れた。

「ま、政宗様っ」

「ぶ、無事か？　小十郎」

霞む視界の真ん中に、小十郎がいる。

「もうしわけありません」

「気にするな。そんなことより」

言いながら身体を起こす。その背中を小十郎が支える。

「このまま奴に負かされっぱなしって訳じゃねぇだろうな」

政宗の目が佐助を射る。

自由の利かない足で、小十郎は立ち上がった。

「ふんっ！」

小十郎の額に太い筋がくっきりと走る。太股やふくらはぎの辺りから、めりめりと鉄の糸が軋む音が聞こえてきた。

「無駄だよ。刀でも斬れないことは、あんた自身試したじゃないか。力込めたところで斬れる代物じゃないんだ」

「やってみなけりゃわかんねぇだろ」

常に冷静な小十郎の顔面が真っ赤に紅潮していた。額はおろか、頬や鼻筋、顎にまで血管が浮いている。

「おい大丈夫かい？　竜の右目は」

「あぁ、こんなもんで駄目になるような、やわな右目じゃねぇ」

平然と答える政宗の隣で、弾けるような尖った音が、立て続けに鳴った。

「おいおいおい。ほんとかよ……」

目を大きく見開いて、佐助が呆《あき》れたようにつぶやく。

「さぁ、勝負はこれからだ」

なにごともなかったかのように、言い放つ小十郎を、肩をすくめて佐助が見つめる。そして、溜息混じりの声を吐いた。

「どっからそんな馬鹿力が湧いてくるかね」

ぼりぼりと頭をかく。

刀を握り直し、小十郎が間合いを詰める。

「あぁあぁ、もう良いよ」

佐助が手裏剣を納める。

小十郎は構えを解かない。

「独眼竜さんよ」

「？」

佐助の視線が政宗を捉えた。

「うちの大将に、会ってどうする？」

政宗は鞘に納まったままの刀を拳で叩いた。

「こいつで語りあうのさ。アンタと小十郎のようにな」

佐助の目に力が籠る。

「語りあう……、ね」

なにやら思わせぶりな態度である。しかし政宗はあえて追及する気にはなれなかった。

幸村に会えばわかる。

この場で佐助を問い詰めるよりも、みずからの目で幸村を見、刀で語らいあえば済むことだ。

「どんなことが上田城で待っているとしても、後悔しなさんなよ」

「Ha!」

「そうかい。だったら上田城でもどこでも勝手に行けば良いさ」

とつぜん佐助が立っていた場所から黒煙が上がった。煙が収まると、佐助の姿は消えていた。

「上田城で待ってるよ」

闇の中に響く佐助の声を聞きながら、政宗は、脳裏に幸村の姿を描いていた。

七

「やけに静かじゃねぇか」

上田城の前に立ち、政宗はかたわらの小十郎に告げる。同意のうなずきを返す小十郎の目は厳しい。

昨夜の佐助の行動から考えても、幸村が留守にしているとは思えなかった。

しかし、あまりにも静かすぎる。

「どう思う小十郎？」

「さて」

唸るように答える小十郎の手が顎に触れた。策を練っている。

静まりかえった上田城と、昨夜の佐助。二つの事柄から類推される幸村の行動を読み解こうと、小十郎は考えている。

が、どれだけ考えてみても、答えは二つしかない。

素直に来訪の意を告げ、幸村を訪ねるか。このまま城門を突き破り、強引に突き進むかだ。

そして、政宗の答えは出ていた。

「行くぞ小十郎」

「で、ですが……」

呼び止めようとする小十郎を肩越しに見る。すでに政宗は駆けだしていた。手には刀が握られている。

「相手の出方をうかがうなんざ、オレの柄じゃねぇ。どうせ真田とは最初からやるつもりだったんだ。このまま突っ込む」

叫んだ時にはすでに城門は切り刻まれていた。細切れになった城門の破片が、弾けるように城内に飛び散った。

誰よりも先に、政宗が城内に立つ。

「Hey!　真田の大将に挨拶に来たぜ」

しんと静まりかえった城内。塀の上、遥かむこうに見える本丸も、やけに静かだ。

「本当に留守なのかい？」

「政宗様っ」

小十郎の叫び。

政宗の背後を小十郎の刀が駆け抜けた。

「ぐわぁぁぁっ」

「What?」

振り向く政宗の視界を、黒装束の男が斜めに横切った。胸を真一文字に斬り裂かれている。

小十郎の太刀筋だ。

それを合図に、政宗と小十郎の周囲を黒装束の男たちが取り囲んだ。二人を助けようと、家臣たちも城内になだれこむ。

「どういうことだ？」

「政宗様の行動……。見透かされておったのでしょう。おそらく此奴等は武田の忍」

「Shit!」

苛立ち。

それは周囲の忍に向けられたものではなかった。幸村の態度に腹が立ったのだ。

直情熱血。

それが幸村の短所であり長所でもあった。良い意味で馬鹿正直。曲がったことが大嫌いで、なにごとにも真っ直ぐな男である。こんな卑怯な奇襲など、最も嫌うはず。

なのにどうだ。

まるでおびき寄せるように城から気配を消し、忍をけしかけてくるなど、およそ幸村の行う戦ではなかった。佐助の差し金だとしても、いただけない。

武田軍に真田幸村ありといわれた男である。こんな卑怯な手で、お茶を濁すような行いには、心底腹が立った。

「上等じゃねぇか真田幸村」

襲い来る忍を斬り捨てながら、政宗はつぶやいた。

忍をけしかけるということは、裏を返せば城内に幸村がいるという証拠だ。どんな手を使ってでも会いたくない。そんな幸村の心が、透けて見えた。

「アンタがその気なら、無理矢理にでも会いに行ってやろうじゃねぇか。小十郎っ！」

傍で戦う小十郎に叫ぶ。視線だけで、小十郎は聞こえていることを知らせてくる。

「この城は堅ぇ。解ってるな？」

「堰にございますな」

「OK!」

上田城は固く閉ざされた城門で何重にも仕切られている。力押しで攻めるとなると、犠牲と時を存分に費やさなければならない。

この城は千曲《ちくま》川に面している。

それを利用するのだ。

上田城の各所には堰がある。そこから堀に溜める水量を調節するためだ。この堰を破壊し、城門を破壊してゆく。城を水びたしにしつつ、本丸をめざすのだ。

忍を斬り捨てつつ進んでゆくと、一つ目の城門が見えた。固く閉ざされた城門の前には、おびただしい数の敵兵が待っていた。

先刻まであれほど静まりかえっていた城に、これほどの兵が入っているとは政宗としても誤算であった。

「い、一体どうしてこんなに兵が？」

政宗の誤算。その思いは小十郎も同様であったらしく、開いた口から発せられた声に、苦悶《くもん》の色が滲んでいる。

「大方、武田の忍の報せを受け、待ち受けてたんだろうさ」

「それにしては準備が良すぎる気が」

小十郎の疑念は尤《もっと》もだった。佐助の報を受けてからの準備としては、あまりにも整い過ぎている。

「この城でなにが起こってる？」

「政宗様ご自身の目で確かめるしかござらんな」

互いに視線を交わすと、政宗は城門前の敵兵に飛び込んだ。小十郎は、くるりと踵を返し、反対側に向かって駆ける。

「頼んだぞ小十郎っ！」

「はっ」

小さく答えると、小十郎は走り去った。

「OK, お前たちの相手はこの独眼竜だ」

殺到する赤備えの軍団めがけ、政宗は剣を振るった。

「止めろっ！ なにがあっても竜を本丸に近づけちゃならん」

敵を統率する侍大将らしき男が叫んだ。政宗の目が男を捉えた。

行く手をふさぐ敵に向かって刀を振るう。

蒼い電撃をほとばしらせて、敵がばたばたと倒れてゆく。

先刻の侍大将に向かって一直線に駆ける。切っ先が届く距離まで近づくと、政宗は跳んだ。

唖然《あぜん》とした表情で、侍大将が独眼竜を仰ぎ見た。

侍大将の突き出した槍を掻い潜り、足で鳩尾の辺りを踏みつけて倒す。後頭部をしたたかに打ち、侍大将が目をくるくると回転させる。構わず男の着けた羽織の襟をつかむと、政宗は顔を、ぐいっと引き寄せる。

「どうしてオレが本丸に近付いちゃいけねぇんだ？」

「ぐ、ぐぅ」

必死に目を逸らす侍大将。

「答えろ」

背後に殺気。

侍大将を助けようと突き出された槍を、政宗は顔を反らしてかわす。そして背後にむかって剣を振るった。喰らった敵兵が悲鳴とともに吹き飛ぶ。

「さぁ、答えろ。どうしてオレが本丸に近付いちゃいけねぇんだ」

刀を鞘に納め、自由になった手の人差し指と中指を、くの字に折る。そして、二つの指の間に、大将の鼻を挟む。

「六爪流。知ってるだろ?」

侍大将がうなずく。

「一つの手に三本の刀をつかむなんざ、並の握力じゃできやしねぇ」

いいながら人差し指と中指に力を込めてゆく。めちめちと侍大将の鼻が鳴る。

「アンタの鼻なんか、オレが本気になりゃ、跡形もなく消し去ることぐらい朝飯前なんだぜ」

「そ、そんなことで俺が……」

「さぁ、答えろよ」

「く、くぅ」

侍大将の兜の下の顔が、脂汗でびっしょりと濡れている。

「ひっ!」

いきなり、上空から銀色の光が、侍大将の喉《のど》に向かって飛んできた。とっさに政宗は、大将の鼻を放し、退いた。

見あげると城門の上に、先刻の忍たちが立っている。

侍大将の喉仏に、見事なくらい正確に手裏剣が突き立っていた。

「っの野郎」

政宗は刀を抜く。が、その時にはすでに忍の姿は消えていた。

「てめぇの仲間すら犠牲にしてまで、オレを真田に会わせたくねぇのか、武田の忍……」

喰いしばった歯が軋む。

と、その時。

背後で轟音が鳴り響いた。それは徐々に政宗へと近づいてくる。

「避けろっ」

政宗は仲間に向かって告げた。その次の瞬間には、後方にあった高台へと跳んでいる。

着地した政宗の目の前を、すさまじい量の水が流れてきた。激しい勢いをもった濁流が、頑丈な城門へ激突する。悲鳴にも似た破壊音を上げ、門が流されてゆく。

「Go ahead!!」

政宗の号令の下、家臣たちが勢いの収まった流れのなかに突入してゆく。そしてそのまま、破られた城門の中へと攻め入った。

「政宗様っ」

小十郎が駆けてくる。

「OK, 小十郎。よくやった」

すでに政宗も攻める家臣たちの流れの中にあった。

合流した小十郎とともに本丸にむけ、先を急ぐ。

「侍大将を問い詰めていたら、仲間の忍がそいつを殺しやがった。この城でなにかが起こってるのは間違いねぇ」

政宗の言葉に、小十郎が神妙な面持ちで答える。

「政宗様と別れ、堰を開けに行った時、この小十郎も怪しき忍を見ました。あの忍……。おそらく武田の忍の手の者ではないと」

「What?」

「この城には今、武田の軍勢とは違う勢力がおるのやも知れませぬぞ」

「どういうことだ？」

言いながらも手は休めない。すでに二つ目の城門は見えて来ている。

「客がいるのでは」

「そしてそいつはオレに会わせたくねぇ奴だってのか」

「恐らくは……」

うなずきながら小十郎が走る軌道を変えた。二つ目の城門を破壊するため、堰を開けに行くのだ。

「頼んだぞ小十郎」

手に持った刀を大きく掲げた小十郎の背中を見つめつつ、政宗は城門を守る敵兵に向かって駆けだした。

＊

「やっぱり来ちゃったんだ」

うんざり顔の佐助を政宗は睨みつけていた。

二つ目の城門を破壊したその先で、佐助は待っていた。たった一人。伊達の家臣たちには目もくれず、政宗の前に立ちふさがる。

佐助の脇を行き過ぎた家臣たちも、その先にあった三つ目の城門を前に、攻めあぐねていた。

「武田の忍。どうやらオレに会わせたくねぇ客人が来てるようだな」

「あちゃあ、お見通しって訳なの？」

首を傾げ、調子良く答える佐助。その飄々とした様子に構わず、続ける。

「アンタたちがどんだけ必死に止めようと、オレは真田に会うまで帰らねぇぜ」

「まったく強情なところは、真田の大将にそっくりだ」

「政宗様っ」

追いついた小十郎の刃が、佐助を捉える。が、それまで佐助がいたはずの場所に、黒い煙が湧く。

「いきなり斬りかかるなんて卑怯じゃない」

いつの間にか塀の上に座り、佐助が政宗と小十郎を見下ろしている。

「あの男はこの小十郎に任せて、政宗様は堰を」

「OK!」

走る。

「おっと、そうはさせないよ」

塀の上にいたはずの佐助が、政宗の行く手を遮った。

いや。

新たな佐助だ。

塀の上にはやはり佐助の姿があった。しかし、政宗の前にも佐助が立っている。

「ちいっ！」

眼前の佐助に斬りつけようと刀を振り上げた政宗に、小十郎の声が飛ぶ。

「政宗様は堰をと申したはずっ」

その声を聞いた時にはすでに小十郎が、政宗の目の前に立っている佐助に斬りかかっていた。

手裏剣で小十郎の斬撃を止めようとする佐助の脇を、すり抜けるように政宗は駆けた。

「頼みましたぞ政宗様っ」

叫ぶ小十郎を肩越しに見遣ると、佐助がもう一人増えていた。

三人の佐助を相手にする小十郎。

「頼んだぜ小十郎」

祈るようにつぶやくと、政宗は堰に向かって一心に駆けた。

＊

あまりにも弱すぎる堰守りを倒し、政宗は堰の箍《たが》を外した。塀の向こうを流れる千曲川の奔流が、なだれ込むように上田城内を襲う。

「Yo－ho!」

雄叫びを上げ、政宗は流れに身を投じた。走るのが馬鹿馬鹿しく思えるくらいの速度で、先刻駆けてきた城内を逆走する。

激戦を繰り広げる佐助と小十郎の姿が見えた。

佐助が二人に減っている。

「避《よ》けろ小十郎っ！」

政宗の声に反応するように、小十郎が後方の塀の上に跳んだ。

「おいおい、冗談だろ」

ぼやきながら佐助も跳ぶ。

二人の間を掻きわけるように流れに乗った政宗は、そのまま城門めがけて進んでゆく。

勢いは十分だ。

水とは思えないほど硬質な破裂音とともに、濁流が城門に激突した。衝撃を喰らわないように、寸前で政宗は小十郎が立っている塀へと跳んだ。

ばきばきと凄まじい音とともに城門が砕ける。

流れが収まるのを待ち、政宗は城内に着地すると、先を急ごうと歩を進めた。

「行かせねぇよ」

佐助の手が政宗の肩をつかんだ。

「しつけぇ野郎だなアンタも」

溜息混じりに刀を振り上げる。

ひょいとかわす佐助の鼻先を切っ先が通り過ぎた。

睨みあう政宗と佐助の向こうでは、小十郎ともう一人の佐助が戦っている。

「昨日はどこへなりと行けば良いと言ってたじゃねぇか。心変わりにしちゃ随分早ぇな」

「一国の副将ともなると、色々と複雑なんだよ。そんなことはあんたも痛いほど知ってることだろ？」

「違ぇねぇ」

「だったらここは大人しく引き返してくれないか？」

「おいおい」

切っ先を開いた城門へと向ける。

「Goalはすぐそこなんだ。諦める訳には行かねぇな」

「どうしても行くのかい？」

「Of course」

溜息を吐いた途端、政宗の目の前に立っていた佐助が黒い霧となって消えた。

「だったら行けば良いさ」

小十郎と刃を交え続けるもう一人の佐助が叫んだ。

「余所見《よそみ》などしている場合かっ」

凄まじい剣速の小十郎の刃が、佐助の首筋を襲う。それを既でのところで手裏剣で止めると、佐助がちらりと政宗を見た。

「本当に、どんなことがあっても後悔はするなよ」

そう告げるとふたたび小十郎と対峙する。

「小十郎っ」

政宗は二人の方へと身を乗り出した。

「政宗様は真田の元へお急ぎください。この小十郎、必ず追いつきまする」

「おいおい、俺様に勝つつもりかよ」

「当然だ」

激しく打ち合わされる二人の刃から、心の声がほとばしっている。政宗には聞こえない。が、二人にはしっかり解っているはずだ。

「ここは任せたぜ小十郎」

うなずく小十郎が嬉しそうに笑う。それを頼もしく見遣ると、政宗は砕けた城門に向かって走った。

*

本丸へとつづく石段を上る。この先には幸村が待っているはずだ。

佐助は言った。

後悔するなと……。

それがどういうことを意味するのか、いまは解らない。

だが。

行かなければなにも始まらない。幸村に会わなければ、後悔もなにもあったものではないのだ。

だから行く。

本丸はもう目の前に迫っている。

この先に、奴がいる。
信玄から武田家を託され、一国の主となった幸村が待っている。
さぁ語り合おう。
離れていた間にどれだけ前に進めたか。
どれだけ強くなったのか。
互いの刃で存分に語り合おうではないか。
あと五段……。
「ひっ、ひやぁぁぁっ」
悲鳴？
四段。
「た、助けてぇぇぇ」
断末魔だ。
三段。
「ぎゃっ」
もはや声でもない。
二段。
水が噴き出すような音。

一段。
「愚かな」
人の声だ。
幸村のものではない。
上り切った。
本丸。
小さな木戸をくぐり、前庭に出た。
なんだ？
いったいなにが起こったのか？
おびただしい数の骸《むくろ》。
伊達の旗を差している。
「ま、政宗殿？」
骸の山の真ん中から声が聞こえた。
紅色の鉢巻きに炎の柄の袴。
真田幸村……。
その隣に誰かいる。
「ん？」

尖った前髪の脇からのぞく冷酷な瞳が、政宗を捉えた。

背筋に悪寒が走る。

奴だ……。

どうして奴がここにいる?

「ア、アンタは」

「なんだ貴様は?」

たしかに奴の声だ。

石田三成。

幸村の前に立つ三成の姿を、政宗は怒りに揺らぐ瞳で見つめていた。

八

「ま、政宗殿……」

まるで悪戯《いたずら》がばれた子供のように、幸村がうつむく。そんな戦友《とも》の姿を思い遣るような余裕は、いまの政宗にはなかった。

目の前に三成がいる。

小田原での敗北以来の再会。天へ昇る竜を大地に封じ込めた男が、今、目の前に立っていた。

ふたたび三成と戦うため、政宗は暗い闇から抜け出そうとあがき続けてきた。それは長く苦しい道のりだった。

一度は諦めかけた昇竜となる夢。小十郎や仲間たちの存在と、家康の成長がふたたび政宗に天を見あげる力を取り戻させた。

それでも……。

いまだ天への道は独眼竜の左目には見えなかった。あの日、三成に敗れて以来、見失ってしまった蒼天への一本道。

取り戻すためにしなくてはならないことは、政宗には解っていた。

Revenge.

三成と戦い、勝ちを得なければ、政宗の天はどこにもない。小田原から続く悪夢のような日々は、三成へとつづいている。

そう信じて、ここまで歩んできた。

その三成がいま目の前に立っている。

武者震いしそうになる身体を必死に押し止めながら、政宗は三成に声を投げた。

「久しぶりだな」

「ん？」

不審気な視線を三成が浴びせてくる。

「石田……。ちょうどアンタを目指していたところだ」

「……」

周囲に転がる政宗の仲間たちを、三成は凍えるような瞳で見遣った。

「そうか、此奴《こやつ》等は貴様の手下か」

嫌悪を吐きだすように、三成が語る。

「騒々しい輩《やから》ゆえ斬滅した。悪く思うな」

「なっ、なんだと？」

三成が幸村を見る。

「此奴は貴様の客ではないのか」

どう答えれば良いのか、幸村は戸惑っている様子だった。

「貴様の客を断って捨てたゆえ謝りもしたが……」

三成は柄で政宗を指した。

「おい、石田三成」

憎しみを押し殺すように、政宗がうなる。冷淡な視線で三成が応える。

「さっきから訳のわからねぇことばっかり吐《ぬ》かしてやがるが、アンタはこんな所でなにしてやがる？　真田と同盟でも結ぼうって腹か？」

それまで一度も感情を表に出さなかった三成が、左の眉をピクリと上げた。

「訳のわからぬことを言っているのは貴様のほうだ。私が誰となにをしようと……」

ぴくぴくと眉尻が痙攣している。

「貴様には関係ない」

「Ha!　言ってくれるじゃねぇか」

「大体貴様は何者だ。真田の敵か味方か？」

うんざり顔で三成が吠える。それを耳にした政宗の肩が小刻みに震える。

「ま、まさかアンタは、オレを覚えていねぇのか？」

吊り上がった目が、困惑の色を滲ませている。

「ん？」

「オレの名を」

怒りで我を忘れそうになるのを必死に堪えながら、政宗が声を吐く。

「オレの名を言ってみ……」

「知らん」

政宗の言葉が終わりもせぬうちに、三成が断ち切る。その顔は、嘘や強がりを言っているようには思えなかった。

本当に知らない。

三成の目が語っていた。細い眉の下に光る瞳が、幸村を射る。

「おい真田。これは何の真似だ？」

「ど、どういう意味でござりまするか」

「私をここまで呼びつけ、此奴とともに謀殺せんと企てておった訳ではあるまいな？」

糾弾する声が、陰湿な色を帯びる。詰め寄る三成の身体から、紫色の湯気のようなものが立ち上るのを、政宗の左目は捉えていた。

「け、決してそのようなことは」

狼狽《ろうばい》する幸村の態度を見て、政宗は確信した。

幸村は三成と同盟を結ぼうとしていたのだ。だからこそ、政宗の乱入を拒んでいたのである。

そう考えれば、昨夜からの佐助の行動や言動も納得がゆく。

『どんなことが上田城で待っているとしても、後悔しなさんなよ』

それは三成のことを意味していたのだ。

「そういうことかい、真田幸村」

政宗の声に、幸村の身体がわずかに上下した。

「あんた石田と同盟を結ぶつもりか」

「そ、それは……」

幸村が口ごもったのを三成は見逃さない。

「そうか。やはり貴様はこの私を……」

怒りが三成の口元を震わす。

「私を愚弄するということは、秀吉様を愚弄するのと同義」

「この幸村っ、決して三成殿を愚弄などしておりませぬ」

「ならばこれはどういうことだ」

「知りませぬっ」

「知らぬ？」

歪んだ三成の唇が、糾弾の声を吐く。誠意を満身に漲《みなぎ》らせ、幸村が口を開いた。

「政宗殿がこの場にいること自体、この幸村にとって不測の事態にござります。それに、もし政宗殿と共謀しているのなら、三成殿が彼等を斬っているのを、止めていたはず」

冷酷な三成の目が、周囲に散らばる男たちを見下ろす。

「この幸村、誓って申しまする。決して三成殿に叛意などございませぬ」

「OK, 真田幸村、アンタの真意は良く解ったぜ」

怒りに打ち震える政宗に、冷淡な声が飛ぶ。

「いまは私と真田が話している。貴様は黙していろ」

竜の左目が、三成をとらえる。

「あんまりオレをみくびるんじゃねぇぞ石田」

「先刻から貴様は誰を呼び捨てにしている？　礼を知らぬ野良犬だと思い、見過ごしてやっていたが、あまりにも度が過ぎると、私も黙っておらぬぞ」

「上等じゃねぇか。大坂まで出向くつもりだったが、手間が省けたぜ。今ここで、あの日の借りを返させてもらうぜ」

ここで会ったのも運命の導きである。敗北の傷を癒すのは早いほうが良い。

三成を倒す。

政宗は心を決めた。

柄に手をやる。

「あの日の借り？　なんのことだ」

「恍けるのも大概にしろよ」

「恍けるだと？　さっきから貴様はいったいなにを言っている」

政宗の背中を電撃が駆け抜けた。

「ア、アンタ、本当にオレを覚えていないのか？」

「知らん」

溜息混じりに三成が答える。

膝から崩れそうになるのを、政宗はどうにか堪える。

本当に……。

本当に三成は政宗のことを覚えていない。

どれだけ知らぬと言われようと、余裕を誇示してみせるための演技だと思っていた。本当は政宗が本丸に現れた時に、いや、政宗の家臣たちを斬った時に、気付いたはずだと思っていた。が、それは大きな間違いだった。

三成は政宗を知らない。

独眼竜に消えぬ傷を負わせた小田原での死戦を、傷を与えた本人である三成はまったく覚えていなかったのである。

「テメエ、本当にオレのことを覚えていねぇのか。あの……。あの小田原でのことも覚えていねえってのか」

〝小田原〟という語を耳にした途端、それまで不機嫌に構えていた三成が、ふいに恍惚《こうこつ》の表情を浮かべ、天を仰いだ。その口元は喜悦を湛え、弓形に歪んでいた。

「小田原……。苦くも懐かしい……。秀吉様のため、存分に力を振るったあの戦……」

三成の瞳がうるんでいるようにも見える。

「今も私の誉れだ」

「その時、戦った男のことなど覚えてねぇってことか」

天を見上げ緩んでいた三成の顔が、政宗の声を聞いた途端、一気に冷めた。そして、視線を政宗に戻し、憎々しそうに口を開く。

「小田原で私に負けた男がいたやもしれぬ……。が、いちいち顔など覚えているものか」

政宗に嘲《あざけ》りの視線を投げ、三成はこれ見よがしに鼻で笑った。

「去れ、目障りだ」

言うと三成はくるりと踵を返す。

「来い真田」

「し、しかし」

戸惑いの色を浮かべた幸村の目が、政宗を見る。そんな幸村の態度に構う素振りも見せずに、三成は一歩踏み出した。

「野良犬に構っている暇などない」

三成が吐き捨てた瞬間。

政宗の怒りが頂点に達した。

声を発する暇もなく、刀を抜き、去りゆく背中に斬りつけた。

三成は気づいていない。

無防備な背中に刃が吸い込まれようとする。

刹那。

衝撃。

政宗の刀が止められている。

朱色の柄だ。

忘れもしない。

幸村の槍だ。

「く、くうっ」

歯を喰いしばった幸村の顔が、怒りに震える政宗の目の前にあった。幸村の両腕に握られた二本の朱槍が、政宗の刀を止めている。

「どけっ、真田っ！」

互いに渾身の力で押す。

意地と意地がぶつかる。

怒りと悲しみが綯《な》い交ぜになった、なんとも言いようのない潤んだ瞳で政宗を見つめる幸村。

そんな幸村を捉えた視界の端に、政宗は三成を見た。

背中越しに二人を見つめる三成の目は、まるで汚いものを見るかのごとく、嫌悪の色に揺れていた。

「ど、退《ど》いてくれ真田っ。オレは、あの男を倒さなけりゃあならねぇんだ」

「退かぬっ！　決して退く訳には行かぬ。上田城にて我が盟友を傷つける行為……。この幸村、断じて認めるわけにはゆかぬっ！」

〝盟友〟の語を聞いた三成が、わずかに笑ったように政宗には見えた。そんな政宗の直感を肯定するように、三成が言葉を紡ぐ。

「その言葉を忘れるなよ真田。私を裏切ることだけは断じて許さぬ」

細い足が歩を進める。

「待てっ石田っ」

止める槍を刃で押し込みながら、政宗が叫ぶ。すると三成は、歩みを止めることなく視線だけを政宗にくれた。

笑っている。

「生憎私は忙しい。貴様のような野良犬を相手にする暇はない」

歯を喰いしばったままの幸村は、答える余裕さえない。

政宗の家臣たちを悠然と踏みつけながら、三成が去ってゆく。

「待てぇっ石田ぁぁぁぁっ！」

どれだけ政宗が呼んでも、もう三成は答えなかった。

九

三成の姿が消えてなお、二人は刃を納めることはなかった。

怒りに打ち震える政宗の瞳と、憂いと迷いを湛えた幸村の瞳が、悲しく交錯する。

こんな再会など互いに望んでいなかった。

政宗はRevengeのため。

幸村は武田家のため。

三成を巡る立場は違っていた。

幾度も幾度も戦い、その度に互いを高めあってきた仲である。

政宗は幸村を。

幸村は政宗を。

共にライバルと認識して疑わない間柄である。

どれだけ熾烈《しれつ》を極めた死戦を繰り広げようと、一度として憎しみで刃を交えたことはなかった。

二人が見つめる行く末は同じ。

政宗が見ていた天へとつづく道は、幸村にも見えている。

そう思っていた。

だからこそ、政宗は上田城を訪れたのだ。

三成に奪われた天への道も、幸村の目には見えているはず。幸村と刃を交え、語らえば、再び天への道が竜の目にも見えるようになるかもしれない。

そんな期待をもって、ここまで来たのだ。

それなのに……。

よりにもよって、幸村は三成のことを〝盟友〟と呼んだ。

共に戦い、命を差し出すことも厭わない仲。それが盟友である。

信玄から武田家を任されてからの幸村が、どのような心情で戦ってきたのか、政宗は知らない。三成に負け、奥州で窮地に立たされていた政宗には、幸村を思いやるような余裕はなかった。

しかし。

幸村は変わってしまった。

それは明らかな事実だった。

苦い現実を噛みしめるように、政宗は幸村の顔面めがけ刀を振るう。

もはや語らうつもりもない。

三成の仲間であるならば、それはすなわち敵である。

奴の戦力は叩く。

それだけのために戦う。

「真田幸村。アンタを倒してオレは先に行く」

斬撃を朱槍が止める。

幸村の槍は二本。

左右の腕に一本ずつだ。

受け止めたら、そのまま自由な方のもう一本の槍が襲ってくる。

幸村の一撃をよけるように、政宗は競り合いもせず後方に退いた。

「政宗殿。貴殿を行かせる訳にはいかぬ」

間合いを取った政宗を幸村が追う。

若虎の健脚は、地をひと蹴りするだけで、間合いを一気に詰める。

速い。

幸村の槍は、両脇から牛の角のように小さな刃が飛び出している。切っ先だけを避けようとすると、牛の角のごとき側面の刃でざっくりと斬り裂かれてしまう。

斬撃の範囲は恐ろしく広い。

「政宗殿！　たとえ負けようとも、それをどう受け止めるかは己次第！」

「それはオレと石田のことを言っているのか？」

政宗の頬を、幸村の槍が削る。

牛の角にやられた。

目算を誤った？

違う……。

政宗は確実に避けていたはずだ。

それなのに何故、幸村の槍は頬を捉えたのだ？

思考を巡らす政宗の頬を、生温い血が濡らす。

そうこうしている間にも、幸村の刺突は止まらない。

時に避け、時にはかわしながら、政宗は反撃の好機を狙う。

しかし先刻の一撃同様、幸村の槍は幾度も政宗の目算を越えて襲ってくる。

身体のいたる所を、槍がかすめる。

「真田っ！　さっきの言葉、オレと石田のことを言っているのかって聞いてんだ」

鋭い突きをかわし、政宗が怒鳴る。乱暴に振り上げた刀が、幸村の槍を跳ね飛ばす。

真っ直ぐな視線で幸村は政宗を見つめる。

「その通りっ！」

「テメェ」

「いつまでも負けを引きずっているなど、愚かなこと」

槍を跳ね飛ばし、高く上がった腕に狙いをつけ刃を振るう。

もう一方の槍で、幸村が防ぐ。

「アンタはそうやって、敗北を乗り越えて先に進むって訳か。それが石田との同盟か」

「それは……」

幸村の顔が曇る。

若虎の動きが鈍った。

とっさに政宗は、右腕に握られている槍をつかんだ。そのままぐいっと、幸村の顔を引き寄せる。

「そうかい……。アンタはオレとは別の道を歩んでいるって訳だ」

即座に幸村が切り返す。

「それは違う！　道は違えど、目指す頂は同じ！」

真っ直ぐな熱い視線が政宗を捉える。

撥《は》ね除《の》けるように、槍を放った。

幸村がよろける。その鼻先に、政宗は切っ先を向けた。

目指す頂は同じ……。

幸村の言葉が、政宗の心を空しく吹き抜ける。

幸村はどこまでも馬鹿正直な男だ。底抜けなほどに真っ直ぐな男である。

嘘ではない。

誤魔化しでもない。

だが……。

幸村が語気を荒らげれば荒らげるほど、彼の言葉は政宗にはどこか弁解じみて聞こえるのだった。

幸村だけは違うと思っていたわけではない。戦国乱世の中で、同じ志をいだいた友を欲していた訳でもない。

人と馴《な》れ合うような生き方は望んでいなかった。

それはこれからも変わらない。

幸村が別の道を歩むことを悲しむような、女々しい気持ちも湧きはしなかった。

ただ腹立たしかった。

己と違う道を歩み、天を目指すのならば、胸を張って堂々とそう言えば良いのだ。それを、幸村は拒んだ。

道は違えど、目指す頂は同じだと?

そんな詭弁《きべん》を弄する幸村の姿だけは見たくはなかった。

政宗の知っている幸村は、悩み惑うことはあっても、つまずき泥に塗《まみ》れながらでも真っ直ぐに歩む男だった。

正直な男だからこそ、その言葉に本心が如実に表れる。

迷いも、愚かさも。

そして、淀《よど》んだ妄念までも……。

今の幸村は暗い幻影に囚われた、ただの哀れな男だった。

紅に燃える槍が、政宗の顔めがけて飛来する。

竜は左目を閉じ、乱暴に薙ぎ払う。

迷い揺れる槍を、強引に弾く。

「目指す道も、貫く志も、どうでもいい。どっちが正しくて、どっちが間違ってる。そんなことでもねぇ」

「政宗殿……」

幸村の声に淋《さび》しさが宿る。

感傷……。

そんなものはいらない。

道を違えたのなら、ぶつかるまで。

「アンタの槍とオレの刀。折れるまでぶつかってみれば、すべてがわかる」

「くうぅ……」

喰いしばった幸村の歯の隙間から漏れた苦悶の声を、政宗は断ち切るように刀を振るった。

*

「Haaaaaaaaaaaaaaaaaa!」

「おぉぉぉぉぉぉぉぉぉぉっ！」

政宗の刀と幸村の槍が、幾度も幾度も虚空でぶつかり合う。

その度に雷が弾け、炎が巻き起こる。

二人は向きあったまま微動だにしない。馬鹿正直なほどに真っ直ぐな斬撃を、相手に向かって繰り出してゆく。

二人の腕が速度を増す。

雷と炎が混じり合い、両者を隔てる空間に、蒼と紅の斑《まだら》模様の竜巻を生みだした。猛烈な勢いで天に向かって吹き荒れる。しかし政宗も幸村も、動じる気配はない。

ただひたすら刃を交える。

力と意地のぶつかりあい。

不器用な二人には、こうする以外に相手を知る術はないのだ。

竜の嘶《いなな》き。

虎の咆哮《ほうこう》。

二匹の獣は、ただただ己が牙を揮《ふる》う。

最早二人を邪魔する者は誰もいない。一歩でも割って入ろうものなら、その者に待っているのは、凶暴な獣の牙に引き裂かれる無残な死だ。

幸村には政宗しか見えない。

政宗にも幸村しか見えていない。

互いに他者を傷つけるつもりはないが、間合いに入った者を守るつもりもなかった。そんな余裕はないのだ。一瞬でも気を抜けば、相手の牙が容赦なく襲いかかってくる。隙を生んだ方の負けは見えていた。

無様なまでに打ち出される二人の刃が、いよいよ加速してゆく。もはや二人の腕は、あまりの速さで、付け根から先が見えなくなってしまっている。

凄まじい衝撃に、上田城がみしみしと悲鳴を上げ始めた。

一瞬……。

ほんの一瞬だけ、幸村の槍が調子を狂わせた。

理由を考えている暇など、政宗にはない。

即座に幸村の槍を弾く。

「Good dream!」

叫びざま、無防備になった幸村の顔めがけて刀を振り下ろした。

「ぬおぉぉぉぉっ」

幸村が仰け反る。

政宗の刀は顔を逸れ、幸村の胸を斬り裂いた。

「ぐわっ！」

幸村が吹っ飛ぶ。

政宗は追撃の体勢に入った。

両手ににぎった刀に気合を込める。すると、じりじりと弾けるような音をたてながら、電流が、切っ先へと集まってきた。それは次第に、刀身へと滞留してゆくと、政宗が刀を振るう軌道に合わせ、蒼色の弧を描いた。

「地獄の竜に焼かれなっ！」

吹き飛ばされ、そのまま地面に激突しようとしている幸村を見遣り、政宗がつぶやく。その手ににぎられた刀は、いまや雷をまとった竜と化している。

「HELL DRAGON!」

叫びざま、政宗が幸村に向かって刀を振るった。

刃から解き放たれた電撃の竜が、地面へ激突する幸村に向かって一直線に飛んでゆく。

「ちぃっ！」

叩きつけられる既でのところで、幸村が片足を地に着け、跳ねた。そのまま、くるりと後方に回転し、着地する。

地獄の竜が追う。

直撃。

体勢を整えようとしていた幸村を、蒼竜が襲った。

凄まじい破裂音を響かせ、竜が弾ける。

さすがの紅き若虎も、無事ではすまない。

はずだった……。

「Ha,それでこそアンタだ」

愉《たの》しげに政宗がつぶやく。その視線の先に、幸村が立っていた。

右手の槍を鮮やかな手さばきで回転させている。朱色の槍は、回転によって生み出される残像で、円形の盾と化していた。

「この幸村、まだまだ崩れる訳にはまいらぬっ」

「Ha!」

政宗は飛びだす。

肩で息する幸村が、真剣な面持ちで待ち受ける。

袈裟がけに斬りつける。

防御する幸村。

まだだ。

そのまま水平に斬る。

槍が弾く。

政宗は止まらない。

水平に斬った刃を、そのまま振り上げる。

わずかに仰け反りそうになりながら、幸村が止める。

まだまだ。

もう一度袈裟斬りに行く。

じりじりと幸村の踏ん張った踵が、後ろへ摺《ず》ってゆく。

逆袈裟から袈裟斬りに繋ぐ。

止める幸村だが、どんどん上体が仰け反りはじめている。

「Go!」

流れるような動作で、政宗は六本の刀を抜いた。そして、そのまま左右の腕を交差させ、×の字に幸村を斬る。

「この六文銭は決して使わぬっ！」

歯を喰いしばって耐える幸村の槍が、弾け飛んだ。

万歳するような格好で、幸村が後方に反った。

無防備になった幸村を、六爪流が襲う。

刹那！

「煮えたぎれぇぇぇぇっ！」

怒号とともに、幸村の身体から炎が噴き上がる。まるで、火山が噴火したかのごとく、紅に燃え上がった幸村の全身は、異常なまでの熱を放っていた。

その気魄と力に圧倒されるように、斬りつけていたはずの政宗が、吹き飛んだ。

「ちぃっ！」

細めた政宗の目に映る幸村の姿が、きらきらと輝いて見えた。

全身から力を放出する幸村の動きが、一気に速度を増す。

政宗は一瞬、虎の姿を見失った。

「疾《はや》きこと風の如《ごと》くぅっ！」

熱風が政宗を襲う。

炎が全身を包み、息苦しささえ感じる。

「徐《しず》かなること林の如くっ！」

背中に激痛。

己が吹き飛ばされていることを政宗が理解するのに、わずかの時を要した。

「侵略すること火の如くっ！」

天高く吹き飛ばされた政宗のどてっ腹に、いつの間にか幸村が乗っている。

端然と政宗を見下ろしたまま、幸村は微動だにしない。

「退きやがれっ」

どれだけ身をよじっても、幸村は離れない。

幸村の重さも加わり、落下する速度が増す。

政宗は幸村を腹に抱えたまま、地面に激突した。

「くはっ」

政宗の口から血飛沫が散った。

「動かざること山の如し」

大の字に仰向く政宗の腹の上で、幸村がつぶやいた。

政宗の腹を蹴って幸村が跳ぶ。

「立て」

天を仰ぐ竜に、虎が告げる。

「ふ、ふざけやがって」

よろよろと立ち上がる政宗の目の前に、幸村が立ちはだかる。その身体からは、なおも炎と化した力と気魄が噴出し続けていた。

「お館様のため、俺に付き従ってくれる仲間たちのため。この幸村、止まってなどおれぬのだっ」

「Ha!　御託なんか聞きたくねぇよ」

「行くぞ政宗殿っ」

決意を秘めた幸村の視線が、政宗に突き刺さる。

幸村は決めに来る。

正念場だ。

しかし。

この一撃を受け止めさえすれば、政宗に分がある。

「来いよ。思い悩む虎の牙なんざ、痛くも痒《かゆ》くもねぇ」

「ではっ」

幸村の全身を包む炎が激しさを増した。

「風林火陰・山雷水ぃぃぃぃぃいっ！」

両腕の槍が、虎の咆哮に呼応するように炎を纏う。そのまま幸村は、二本の槍を振り回しながら、政宗に向かってくる。

左右後方、どこに回避しても、全身を大きく振りながら槍を使う幸村からは、逃げられそうもなかった。

まるで炎の竜巻である。

回避不能だからといって、半端な防御であれば、砕かれた揚句、炎に巻かれて焼け死ぬだけだ。

逃げも守りもできぬ必殺の一撃。

絶体絶命の窮地である。

なのに、政宗は笑っていた。ぐんぐんと距離を縮めてくる死の炎を前にして、独眼竜は微笑みを浮かべている。

再会し、一目見た時から、幸村が惑いの中にいることは解っていた。武田家の重圧に押しつぶされそうになり、己の行く末を見失いもがいていた。

まるで己を見ているようだった。

石田三成に敗れ、それまで見えていたはずの天が見えなくなった己。

信奉する信玄が倒れ、武田家を任されるという重責を負い、それまでの闊達《かったつ》な心を見失った幸村。

まるで合わせ鏡のような両者の境遇。

だからこそ、思い悩んだ末に三成と同盟を結ぼうとした幸村の心情も痛いほど解る。が、政宗が許せなかったのは、言い逃れようとした幸村の心根だ。

まるで己を見ているようだった。

三成に負け、奥州の地で朽ちようとしていた己を見ているようで、たまらなかったのだ。

現実から目を背けようとしていた己を、幸村を倒して消し去りたかった。

だが……。

いま目の前にいる幸村は違った。

強くなることに純粋だった頃の幸村に戻っている。

「そうだ、真田幸村……。思い悩んでいたって答えなんか見えねぇ。オレ達はどれだけ無様だろうが、刀を振るって戦うしかねぇんだ。戦って戦って、這いずりまわって答えを見付けるしかねぇ。オレもアンタもそんな不器用な生き方しかできねぇんだよ」

その先に、どちらか一方が死ぬ宿命が待っていたとしても、決して後悔はしない。

未来は自分の手で掴むしかないのだ。

「ぬぉぉぉぉぉぉぉぉっ！」

豪炎の真ん中で幸村が叫ぶ。

「行くぜ真田幸村っ」

政宗は腹の奥底に気合を溜めた。

臍《へそ》から指三本ほど下の辺り、丹田《たんでん》と呼ばれる部分に、びりびりと電流が流れるのを感じる。

「Huuuuuh……」

丹田に溜まる電流を徐々に膨らませてゆく。次第に溜まってゆく電流が、腹の奥では留めておけないほどの量になる。

眼前の炎はすでに政宗の鼻先を焼き始めている。
左右に握る六本の刀に向かって、丹田に溜めた電流を一気に放出した。
「It' s one-eyed dragon!」
両腕を伸ばし、全身から電撃を放出する。蒼い雷《いかずち》が、政宗からほとばしった。
幸村から放たれた炎が、政宗の雷に触れて割れる。
炎と雷がぶつかり合いながら、互いを侵食してゆく。
「ぬぉぉぉぉっ！」
蒼竜が咆哮とともに、六本の爪で炎を引き裂いてゆく。
「ぐぉぉぉぉっ！」
炎の中央に鎮座する紅の虎が、二本の牙で、雷を噛む。
上田城の前庭から爆雷が弾け飛ぶ。
竜虎激突。
炎が虎を象る。
雷は竜へと化生する。
交錯する爪と牙。
竜と虎がぶつかり合うと同時に、互いの心が溶けて混じり合った。
政宗の脳裏に、信玄の幻影が浮かぶ。

お館様ぁぁぁぁ。
幸村の声だ。
水。
深い水の中にいるようだった。
冷たい水中に唯一人。
その心は、主を求める。
しかし、主は答えない。
幸村は深い水に没したまま、ひたすら信玄の名を呼んでいる。

幸村にも政宗の心が見えているのだろうか？
問う術はない。
ぶつかり合う宿命の二人である。
勝負の先に待っているのは、感傷でも友情でもない。
生か死か。
それだけである。
どれだけ解り合おうと、二人の立場は違うのだ。

政宗の苦痛。

幸村の懊悩《おうのう》。

二人の真実は戦いだけが教えてくれる。それを受け入れるのみ。愚かで不器用な二人が交わす、無言の会話は、悲しいまでに真実を照らしだす。

終幕がすぐそこまで迫っている。そんな予感が政宗にはあった。

全身から炎と雷が消え、ふたたび二人は政宗と幸村に戻る。その姿は互いに傷つきぼろぼろだ。しかしそれでも、二人は相手を見失いはしなかった。

ほぼ同時に着地する。

衝撃に耐えきれずに、両者ともに膝をつく。

政宗は刀、幸村は槍を杖代わりにしてゆるゆると立ち上がる。

喰いしばった歯の隙間からは、血が流れ出していた。

仕掛けたのは幸村だった。

ふらつく足で走りだすと、立ちつくす政宗へ槍を突き出す。

政宗は弾く気力すら残っていない。

一方の幸村にしても、突きの速さは全力の半分にも満たない。

身体をかたむけ政宗がかわす。そのまま重い刀を振り上げると、幸村の首めがけて振り下ろした。

突き出した槍とは別の、もう一方の槍を振り上げ、幸村が弾く。振り上げた槍の重さに負け、幸村の上体が大きく仰け反った。

「ぐぬぅっ！」

呻き声とともに、政宗が腕を上げる。その手ににぎられた三本の刀が揺れていた。

幸村の胸を竜の爪が襲う。しかし、すでに傷を負わせるだけの力は残っていない。

政宗は両の掌を開いた。

甲高い音をたて、刀が地面に転がる。それを確認することもなく、拳を握った。そして、焦点の定まらない瞳で、ぼんやりと虚空を見つめる幸村の頬を殴った。

よろけて転がる幸村の手が、槍を手放す。

おぼつかない足取りで、政宗が幸村へと近づく。

腰を起点に、身体を弓なりにして幸村が立ち上がる。その手は政宗同様、拳を握っている。

「Ha!」

気合もろとも政宗は殴る。

「ぐむぅ」

白目を剝きつつ、幸村はこらえた。

若虎の拳が政宗を打つ。

なかなかに重い拳だった。

しかし倒れる訳にはいかない。
刃さえも失い、全身の力を出し尽くし、それでも二人は戦う。
すでに意味さえ忘れている。
本能よりもずっと深いところで、二人は己を支えていた。
勝ち負けすらない。
生も死も、いまの二人には認識すらできていない。
ただ目の前に敵がいる。
だから戦う。
それだけだった。
政宗が幸村を殴り、幸村が政宗を殴る。
すでに顔面はぼろぼろ、拳も血で真っ赤だ。
「ぬぅぅぅぅぅ」
幸村が気合を込めた。
「Haaaaaaa!」
政宗もそれに応える。
渾身の一撃。
両者の拳が同時に、相手の頬を襲った。

荒廃した上田城の前庭に、骨を打つにぶい音がこだまする。

政宗の拳が、血に濡れた幸村の頬をぬるりと滑って落ちてゆく。それと前後するように、政宗の顔を、幸村の拳が滑る。

どさりと地に伏す二人。

「政宗様っ！」

天を仰ぐ政宗の耳に小十郎の声が聞こえる。

揺れる視界の端に小十郎の姿が見えるとともに、力強い腕が政宗の上体を起こした。すると目の前に、佐助に抱え起こされた幸村の姿が見えた。

「あらら、うちの大将。ずいぶん男前になったじゃないの」

佐助のとぼけた声に応える力も、幸村には残されていない。

腫《は》れあがった瞼の隙間に輝く幸村の目が、政宗を捉えていた。

政宗も、ぼやけた視界に幸村を見る。

「ま、政宗殿……」

ぼろぼろの幸村の唇が震える。

「この幸村。徳川殿を倒すため、石田殿と同盟を結びまする」

武田信玄が最後に敵として認めた男、徳川家康。

みずからが慕う信玄に認められた男と戦うため、幸村は己が道を定めた。

腫れあがった顔で告げる幸村の言葉には、先刻のような言い逃れる響きは一切なかった。

「そうかい、アンタが決めた道ならば、進めば良いじゃねぇか」

「あぁ」

幸村の目から血が混じった涙が、一筋こぼれた。

「だがな真田幸村……」

深く息を吸い、政宗は幸村へと告げる。

「アンタが石田に付くというのなら、オレはアンタの敵だ」

「わかっている」

答えた若虎の口が、真一文字に結ばれる。その姿には、固い決意が滲んでいた。

「オレが石田へ向かう道。それをアンタが邪魔するってんなら、オレは容赦しねぇぜ」

「互いに一国を背負う立場。それは覚悟の上」

「OK」

政宗は目を伏せる。それから、小十郎の手を払うと、ゆっくりと足に力を込め立ち上がった。

まだ立ち上がることのできない幸村が、佐助の腕のなかで政宗を見上げる。その熱い視線から目を背けるように、政宗は踵を返した。

「真田幸村」

夕暮れ時の空が紅に染まっている。眩しすぎる太陽の光が、政宗を照らす。

「オレもアンタもまだまだ迷いの森から抜け出しちゃいねぇ。これから先も、苦しい戦いは続くだろう」

「あぁ」

答える幸村の声が背中を震わす。

「無様に戦っていこうじゃねぇか。尻尾《しっぽ》を巻いて逃げだすくれぇなら、戦って死んだほうがましだ」

「政宗殿の申される通り……」

ゆっくりと政宗は歩を進める。隣に従う小十郎も無言のまま付き従う。

「政宗殿っ！」

幸村の呼びかける声が足を止めた。

「これから何処《どこ》へ？」

「徳川家康に会ってみるつもりだ」

「徳川殿に？」

幸村の声が曇っている。

政宗が三成を宿敵としているように、幸村にとって家康は倒すべき相手であった。幸村が戸惑うのも無理はない。

「政宗殿は徳川殿と結ぶつもりか」

「まだわからねぇ」

「わからぬとは？」

顔だけで振り返った政宗が、幸村を見る。佐助に抱えられた幸村が、わずかに身を乗り出し、答えを待っていた。

「奴が本当に石田と戦うだけの器なのか、この目で見てくるのさ」

「それは……」

真意を推《お》し量《はか》れぬといった風情で、幸村が声を上げる。それに答えるように政宗は微笑み混じりに口を開いた。

「アンタと語り合ったように、奴ともこいつで語るだけよ」

そう言うと政宗は地に散らばる六本の刀を拾い上げ、鞘に納めた。

「また語り合える日を楽しみにしてるぜ」

しばしの別れか、それとも永久《とわ》の別れになるのか。

互いに武将。戦いこそが人生である。生きるも死ぬも己の運命。

再び相見《あいまみ》える日を願いつつ、夕日に向かって歩きだした政宗は、二度と幸村の方を振り返ることはなかった。

十

三河へ……。

蒼き軍団は、土煙を上げひた走る。

目指すは徳川家康。

覇王の天下を阻み、己が夢を貫く男だ。

家康が掲げる理想は、〝絆〟の一字である。人と人を結ぶ絆で、天下を一つにまとめると言う。

悪くはない、と政宗は思う。人は一人では生きてはゆけない。誰かと交わりながら、心を紡いでゆく生き物だ。

人と交われば、そこには絆が生まれる。

しかし。

絆は必ずしも良い結果を生むばかりではない。

己に当てはめてみてもそうだ。

石田三成……。

奴と政宗には拭い去れぬ因縁がある。

上田城で再会した三成は、政宗の名すら覚えてはいなかった。それは、三成にとって、政宗との絆は無きに等しいものであるという証《あかし》である。しかし、三成がどう思おうとも、政宗にとって三成は必ず倒さなければならない相手なのだ。今回の挙兵も、三成へのRevengeを果たすことが最大の目的なのである。

政宗は決して三成とは相容れない。共に同じ天を仰ぎはしない仲である。そんな暗い縁で結ばれた政宗と三成の間柄さえも、家康は絆と呼ぶのだろうか?

家康の掲げる天下は理想である。すべての人が尊い絆で結ばれ、天下万民あまねく幸福であれば、どれだけ良いか。もしも、そんな世の中が来るのであれば、政宗だって当然家康を支持する。だが、人は大人へと成長する途上で、皆が幸福であるなどというのは幻想だと理解する。理解し、納得し、どこかで諦めるのだ。そうして、誰かを憎んだり、否定したりしながら、自己を確立させてゆく。

政宗もそうだ。

三成に敗れ、もう一度戦うために立ち上がった。今の政宗にとって、三成への暗い思いこそが、己を支える大きな柱なのだ。

強くなる……。

誰よりも強くなって、もう一度天を目指す。

三成を目指すことで、政宗は政宗でいられるのだ。

上田城で激戦を繰り広げた真田幸村も、同様である。

武田信玄が最後に戦った相手こそ、絆を掲げる徳川家康だ。家康を選び、戦い、信玄は倒れたのである。

幸村にとっての家康は、政宗にとっての三成と同じような存在であった。絶対に戦わなければならない相手。己を見極めるために、必ず倒さなければならない宿敵なのだ。

だからこそ幸村は、三成と同盟を結ぶ道を選んだのである。家康と戦うため、幸村はなりふり構わず、協力し合える仲間を求めたのだ。

幸村は政宗の前で、三成のことを〝盟友〟と呼んだ。共に戦う友とまで、三成を思っている証である。

幸村にとって、家康は共に天を仰がぬ相手なのだ。

そしてもう一人……。

石田三成。

奴には憎むべき相手がいる。

徳川家康その人だ。

三成が命を賭して信奉していた覇王秀吉を倒したのは、家康である。

絆の力で天下を束ねると豪語する家康は、三成にとっての天を奪った張本人なのだ。

三成は決して家康を許さないだろう。奴もまた、ともに天を仰がぬ相手を持つ身である。

男は戦い、己を知る。時には勝ち、時には敗れ、血と汗を流しながら前へと進む生き物だ。

戦うには相手がいる。すなわち敵だ。憎むこともあれば、志がぶつかることもある。どのような理由であれ、敵がいるからこそ男は戦い、成長してゆく。

それは家康自身が一番理解しているはずである。

幼きころの家康を、政宗は知っている。

戦国最強と呼ばれる男、本多忠勝《ほんだただかつ》。少年の家康は、彼の陰に隠れる頼りない男だった。しかし、常に忠勝の背中を見て育った家康は、誰よりも強くなりたいと願ったはずである。現に政宗も、何度となく家康の口から聞いていた。

『忠勝のように強くなりたい……』

涙まじりに語る姿を、いまでもはっきりと覚えている。そんな少年が覇王秀吉を破り、今や一国の主として、天下を真っ二つに割る騒乱の只中にある。

絆の力と家康は言う。それが、どのようなものなのか、家康の口から直接聞いてみたかった。

「もうじき三河にござります」

政宗第一の絆、片倉小十郎が告げた。馬の背に身を預けたまま、政宗は無言のままうなずいた。

「いかがなされるおつもりか?」

小十郎が問う。視線を投げることで、どういう意味かと問い返す。

「上田城で真田と戦われた折、政宗様は徳川と戦ってみるつもりだとおっしゃられました」

「あぁ」

「それは、徳川を敵とするということでござりましょうか？」

「さて……」

馬上で腕を組んだまま、政宗は行く手を眺めている。

「真田は石田と同盟を結びました」

「オレも真田と同じ道を行けと言うのか、小十郎？」

一瞬、小十郎が息を呑んだのを、政宗は見ないふりをした。

黙したまま小十郎の言葉を待つ。

「今や天下の趨勢《すうせい》は石田と徳川で二分する勢いにござります」

小十郎の見解はいつも正しい。その通りである。三成は西方の諸将たちを束ね、家康の住まう東へと進路を取ろうとしていた。家康もまた、東国の諸将たちを絆の力で取りまとめ、三成と対峙しようとしている。

政宗は第三極としての立場を有してはいたが、それでも二人の勢力に比してあまりにも非力であるのは、否めなかった。

小十郎の言葉に偽りはない。

政宗は深く息を吸うと、ゆっくりと鼻から吐いた。

「OK,お前の言う通りだ。皆、次の天下は家康と石田のいずれかが取ると考えている」

小十郎は答えない。無言のまま認めるような素振りが、政宗の胸を密《ひそ》かに痛めた。が、そんな心の微細な動きは、毛ほども見せず、政宗は小十郎を見た。

「オレの敵はあくまで石田だ」

「この小十郎めも、思いは同じ」

「石田を倒すという目的を最優先に採るならば、家康と同盟を結ぶのが、最善の手だろうな」

「御意《ぎょい》」

語りながら政宗は、拳の裏で柄《つか》を叩く。

家康と同盟を結ぶ……。果たしてそれが、本当に正しい選択なのか？

政宗は迷っていた。

昔の己ならばなんと言っただろう。

『家康と石田。両方ぶっ潰して天下を取る』

そう断言していたような気もする。だが、今の政宗には、そんな無謀な言葉は発することができなかった。たしかに言葉だけならば、なんとも景気の良い響きである。しかし、しっかりと現状を把握し、分析した上で鑑《かんが》みれば、そんな言葉は実効性のない絵空事以外のなにものでもない。

家康と三成を同時に敵に回すなど、正気の沙汰ではなかった。

現に幸村も三成と同盟を結ぶ道を選んだ。あの直情実直、熱血一本槍の男がである。打倒家康のために、三成との同盟を決心したのだ。

政宗も、この場は家康との同盟を選ぶべきである。そんなことは重々理解しているつもりだ。

しかし、どうしても最後の最後で承知できない自分がいる。

隣を行く小十郎にも、同盟という道が見えているようだ。確かにそれしかない。が、家康と戦うという道が、どうしても捨てきれなかった。

「小十郎……」

「は」

神妙な面持ちで小十郎が主の言葉を待っている。

ゆっくりと言葉を選びながら、政宗は静かに口を開いた。

「家康は絆で世を統《す》べると言うが、果たしてそんなことが本当に可能なのか？」

「わかりませぬ」

素直な返答だ。理想を語る者の言葉が本当に実現するかなど、誰に聞いても解らない。

「愚問であったな」

「は」

それ以上、小十郎は答えない。

主の胸の内にくすぶっているものをすべて吐き出させようという小十郎の真意が、政宗には手に取るように解る。すっきりしない胸の内を、全部吐き出す決心を固め、ふたたび政宗は口を開いた。

「お前も知っての通り、幼いころの家康は本多の背中に隠れる頼りない男だった」

「そうでありますな。常に戦国最強の背中を見ながら、戦場を走りまわっておりました」

小十郎が微笑んでいる。

「奴が秀吉を討ったと聞いた時は、正直驚いた。虚報かと疑ったくらいだ」

「私は秀吉を討ったのは、やはり徳川だったかと思いました」

「どういう意味だ？」

問うた政宗の目を、小十郎がしっかりと見つめた。

「あの男は……。徳川家康という男は、戦国最強の背を追い駆けながら、常に理想を掲げておりました。魔王織田信長、そして覇王豊臣秀吉。甲斐の虎に越後の軍神。猛者《もさ》たちの中にあって、あの男は幼き身を幾度も命の危険に曝《さら》してまいりました。しかし、徳川家康はどれだけ窮地に立たされようとも、一度も理想を捨てませんでした。そんな男だからこそ、秀吉を討ったと聞いた時に、さもありなんと素直に思えました」

小十郎が家康をそれほど高く買っていることを、政宗はこの時初めて知った。

「政宗様」

重々しい口調で、小十郎が切り出す。

「絆という理想を掲げる徳川は強うございます。そして、豊臣秀吉を討った徳川を討つという復讐の念に凝り固まった石田もまた、同等の強さを有しております」

　そんなことは小十郎に言われなくとも解っている。二人とも強い。強いからこそ、天下を二分するだけの勢力となったのだ。

「政宗様はどうなされるおつもりか？　理想と妄執。二人の強き想いに抗するだけのなにを、政宗様はお持ちになっておられますするか」

　主の心中に滞留する様々な思いを吐き出させようと、小十郎が問うている。

　眉間に刻まれた深い皺が、小十郎の苦しみを伝えていた。細められた目は、うっすらと潤んでいる。

「この小十郎は、あの日の誓いに生きております。二度と……。二度とあなたに後悔をさせぬという誓いこそが、私の生きる意味」

「……」

「どうか……。どうか後悔だけはなさらぬよう。この小十郎。たとえ一人になろうとも政宗様の行く所ならば、どこへなりとも参りましょう」

　揺れる心を言葉に紡ごうと、必死に思案する。そうして、なんとか声になりそうなものを、ゆっくりと吐き出してゆく。

「小十郎」

「は」

「家康と同盟を結ぶ。石田を倒すためには、それが一番良い方法だということは、オレにも解っている。が、オレと家康の見ているものはどこかで違っているような気がするのも確かだ」

「それはこの小十郎めも、気付いておりました」

「奴の言う絆で統べる天下が、オレにはどうも解らねぇ。家康が勝てば当然、石田は敗れる。そうなれば、石田に与《くみ》した奴等は、家康のことを憎むだろう。それでも奴は、絆で憎しみを越えようとするのか？　そんなことが本当に出来ると思っているのか」

「その答えが知りたければ直接、徳川にお会いすることです」

「だから三河に向かっている」

甲斐の深山を抜け、すでに道は平野に移っている。三河はもうそこまで迫っているはずだった。

「徳川と語らいなされ政宗様」

小十郎の声が優しく語る。

「語らう？」

問いかけた政宗の腰に差さる六本の刀に、小十郎が視線を向けた。

「独眼竜の語らい。それは戦うと同義にござりましょう」

「小十郎、お前……」

竜の右目は戦えと訴えている。家康と戦って、胸の内にある迷いを払えと説いているのだ。

しかしそれは、同盟を結ぶこととは相反する。

家康と三成双方を敵に回すことにもなりかねない。

修羅《しゅら》の道を歩めと、小十郎は言っている。

「徳川と石田になく、今の政宗様が持っているものが一つだけあります」

「なんだ?」

「迷いでございます」

「迷いだと?」

力強く小十郎がうなずく。

「常人の推し量れぬ理想。万民を恐れさせる妄執。いずれも強き想いにござります。しかし、それらはどちらも人でありながら、人を越えた者の抱く境地でありまする」

だからこそ二人は強い。

「が、そんな境地に至った者が、果たして本当に強いのでございましょうや?」

「どういう意味だ?」

「神や仏と同じく、凡人が解せぬ頂に立ちし者の方が、万民よりも強いなどというのは、いったい誰が決めたことにござりましょう」

人より優れるからこそ、他人より一歩も二歩も前に進めるからこそ、尊崇の対象となりうる。

誰が決めたという訳でもない。

「では、凡人は本当に弱いのでしょうか?」

「禅問答なら良い加減にしろ」

うんざりした口調の政宗に、真剣な表情のまま小十郎が続ける。

「徳川にしろ石田にしろ、迷いがない。それは凡人では到底辿りつけぬ境地にいるからに他ならない。しかし、それは危ういことではありませぬか」

「危ういとはどういうことだ」

「痛みがあるからこそ、人は傷に気付く。それは心も同じこと。心が痛むからこそ、人は己の欠点に気付く。そして、悩み迷いながら、欠けたる己を越えるのです」

小十郎の言わんとすることが解ってきた。

真夏の太陽のごとき家康にも、真冬の満月のごとき三成にも、迷いがない。理想と妄念という純粋な思いにあまりにも研ぎ澄まされすぎている。

その点、政宗には迷いがある。三成に敗れ、迷い悩んでいるからこそ、己の行く末を一つ一つ真剣に選択しようとする。

昔の己なら、家康と三成を一気に倒すと言いのけたという一事を取ってみても、三成に敗れるまでと後では、思い至る場所がまったく違っていた。

「迷いこそが、今の政宗様の強さなのです。どこまでも迷いなされ」

「小十郎」

それまで厳しかった小十郎の顔が、笑みに緩んだ。

「しかし、時は待ってくれませぬ。答えを急がねばならない局面もありましょう」

「家康とのこともな」

「左様でございます」

すでに三河に入っている。

同盟か、それとも戦闘か。

答えを求められる時は、もうすぐそこまで迫っている。

「お前のお陰で随分、心が楽になった」

微笑を湛えたまま小十郎が目を伏せる。

迷いこそが強さ……。

独眼竜はあらためて小十郎の言葉を胸に刻んだ。

「決めたぞ小十郎」

どんな選択をしようと、小十郎は付いてきてくれる。恐らく後方に控える家臣たちも同様であろう。

心強い仲間たちがいる。

それだけで政宗は前に進めるのだ。迷いながら昨日の自分を越える。一歩一歩愚直に進んでゆく。それしか、己にはない。

「やはりオレは家康と戦う」

「は」

疑問を一切差し挟まず、小十郎は淡々とうなずく。

政宗は刀を抜いた。

「奴が嘯《うそぶ》く絆の力というものを、この刃で確かめてやる。本当に奴の言う絆が理想だけの絵空事ならば、オレが砕く」

小十郎が後方を走る家臣たちの方を向いた。

「皆の者っ、戦だ」

割れんばかりの喊声が、政宗の背中を押す。

刃を天に向け、政宗は家臣たちを見た。

「相手は徳川家康だ。もちろん本多忠勝もいる。厳しい戦になるだろうが、オメェら付いてきてくれるかっ！」

「当たり前だぜ頭っ」

「もちろんだっ」

「やってやりましょう筆頭」

頼もしい声が返ってくる。

「OK, ど派手に行こうじゃねぇか」

仲間たちの熱い眼差しを受けながら、政宗は迷いを振り払うように、三河へとつづく道を駆け抜けた。

十一

「ぬがぁぁぁぁっ！」

けたたましい悲鳴が政宗の耳朶を打つ。大の字になって倒れる敵将は、力尽きてなお豪快である。

三河武士……。

甲斐の虎、武田信玄がまだ精強なりし時においてさえ、一歩も退《ひ》かずに戦った勇敢な戦士たちである。

東に今川、北条。

北に武田。

そして西には魔王信長。

陸を接する三方を、有力な大名に囲まれた三河の地において、幼い主君を守るために、三河武士たちは、それこそ命を削るような思いをしながら戦ってきた。幾多の死闘を潜りぬけてきた彼等の強さは、並ではない。

猛者たちと刃を交え、政宗はあらためて三河武士の勇猛さを肌で感じていた。

三方ヶ原《みかたがはら》を一望の下に見渡せる岩山を登っている。政宗の来襲を知った家康は、素早く城から出て、この岩山の山頂に築かれた砦に籠った。

切り立った崖が細い道となり、山頂に向かって続いている。政宗は小十郎と家臣たちを引き連れ、刀を振るい駆けつづけた。

「邪魔する奴はすべて叩っ斬るっ！　死にたくなけりゃあ、大人しく道を開けな」

勢いのままに叫ぶ。だが、そんな威嚇《いかく》に臆するような敵ではない。皆、家康を守るために、それこそ命懸けで立ち向かってくる。

これが絆の力か……。

政宗は、家康の理想の片鱗《へんりん》を目の当たりにした。

家康と家臣たちとの間に、絶対的な絆の力を感じる。それは、家臣たちにとって、なにものにも代えがたいものなのであろう。彼等の瞳に宿るのは、狂信的なまでの忠義である。

家康様のために！

彼等の手に握られた刃の一撃一撃に、政宗は強硬な決意を見た。

悪くはない。

悪くはないがどこか違う。

命を賭して戦う三河武士の姿は、政宗の家臣に対する想いとはわずかにかけ離れていた。

切り立った崖に作られた細い道に立ちふさがる男たちを、竜の爪が弾き飛ばす。

吹き飛ばされる者の顔は、どれ一つ恐れてはいない。真っ直ぐに政宗を見たまま、歯を喰いしばり、崖を転がってゆく。

　どこかに感情を忘れてきている。いや、恐らく彼等は、家康に感情の一端を預けてしまっているのだ。

　その感情とはいったいなにか？

　恐れである。

　人は生きているからこそ人だ。死んでしまえば、骸となる。骸になれば日を経るにつれ朽ちて行く。人として生まれた以上、死という名の宿命からは絶対に逃れられない。

　生きて、命を繋ぐ。そのために、人は争い、そして戦うのだ。

　みな死にたくはない。死ねばそれまでの人生が一瞬にして消え去ってしまうのだから、当然だ。

　だから死を恐れる。死を恐れるからこそ、傷つくのを恐れ、痛みを恐れるのだ。

　恐れこそ、人が生きるために一番必要な感情である。

　だからこそ、恐れを忘れたような家康の家臣たちを、政宗は異常な姿だと感じた。

　己が家臣も人である。

　人であれば、当然、恐れるものだ。

　強大な敵を前に、命の危険を感じ、恐れ、逃走する。

　それで良いと政宗は思う。

己のために命を投げ出して戦ってくれる家臣たちの存在には、常に感謝をしている。我儘《わがまま》に文句一つ言わずに付いて来てくれる、彼等は政宗にとって大切な仲間なのだ。

だからこそ、彼等が心底恐れた時は、逃げて欲しかった。

人であることを忘れてまで、己に仕えてくれる必要はない。

家康の家臣たちは、死をも恐れず立ち向かってくる。政宗にとって、やはりそれはいびつなもの以外の何物でもなかった。

だからこそ、家康と戦いたいと思う。家康の唱える絆の力が、人をこのような姿に変えるのならば、どこか間違っているような気がする。

これも迷いなのか？

眼前の敵兵を押し退《の》けながら、政宗は自問する。

眩しいまでの理想を掲げ、それを実行する家康。そして、そんな家康を心の底から信奉し、付き従う家臣たち。狂おしいまでの熱を帯びた三河勢を目の当たりにして、心の中に巣食う迷いが、政宗を邪推へと誘っているのだろうか。

夢に突き進む主君と、共に行こうとする家臣。ただそれだけなのかもしれない。そんな徳川軍の姿を、羨望と嫉妬が入り混じった心で捉え、己の中で異形へとねじ曲げているのかもしれなかった。

迷いこそが強さだと、小十郎は言った。しかし、今の政宗にはその言葉の真意が解らない。

迷うからこそ太刀筋が乱れる。

迷うからこそ、今一歩というところで足を踏み出せない。

三河武士には迷いがない。

大上段から打ち込んで来る上に、倒されるその一瞬まで、家康を守っている。

彼等の強さは、今の政宗にはない。

三成に敗れて以降失った強さ。何一つ疑うことなく、己の道をしっかりと見据えていた過去の政宗には、彼等の強さと通ずるものがあった。

あの頃の政宗ならば、三河武士たちの戦いぶりを、ただただ称賛したことだろう。

心の中でなにかがずれている。そのずれこそが、迷いだというのならば、政宗にとって迷いは、弱さ以外のなにものでもなかった。

政宗の脇を、とつぜん一陣の風が吹き抜けた。

目の前の敵兵が、薙ぎ払われる。

「ご油断なさいますな」

風の正体は小十郎であった。

政宗の前に躍り出た小十郎が、頑強に立ちふさがる三河武士を、ばったばったと斬り伏せてゆく。

「Shit!」

目を伏せ、政宗は吐き捨てた。

迷いに支配された心が、身体を重くさせている。

そんな自分が許せなかった。

「ったく、気にくわねぇ。気にくわねぇなぁっ」

己の不甲斐無さを怒りに変え、政宗は小十郎より前に飛び出した。

「落ち着きなされ政宗様。怒りを覚えた時こそ氷のようにっ」

「That's Right!　オレは冷静だぜ小十郎」

偽りの色がこもっているのを、政宗はどうすることもできない。

たしかに熱くなっている。

前に。

ひたすら前に。

刀を振るいつづけ、敵を薙ぎ払いつづけていなければ、迷いに足を取られ、一歩も動けなくなってしまいそうだった。

迷うからこそ強くなる。

小十郎の言葉を信じ、ただひたすら敵に向かって行くしか、今の政宗には術が見当たらなかった。

「出てこい家康ぅぅぅっ」

遥か頭上に見える櫓《やぐら》に向かって叫ぶ。小高く積まれた丸太の上を、ちらりと人影が過った気がした。しかし、太陽を背にしたそれは、政宗の目にははっきりと捉えられなかった。それでも、腕を組んだ人影が、こちらを見下ろしているような気がしたのは事実である。

「政宗様っ」

小十郎の声が背後に聞こえた。

眼前の敵を斬り伏せながら、政宗は肩越しに小十郎を見る。

「目の前に柵があります。お気をつけくだされ」

その言葉を耳に、ふたたび前方を見る。たしかに頑丈そうな柵が、間近に迫っていた。

「OK!　あんなもんはさっさとぶち破ってやるぜ」

勇ましい声を上げたその時。

変事は起こった。

*

始まりは落雷だった。

いや……。

巨大な塊が、天から降って来た。

それと同時に、巻き起こる悲鳴と怒号。

前進する政宗のはるか後方より巻き起こった変事は、みるみるうちに近付いてくる。

敵を薙ぎ払いながら進んできたはずの、伊達の軍勢が、後方で吹き飛んでいる。

「ば、馬鹿な」

あまりの事態に、柵を破るために奮戦していた小十郎が、茫然と後方を見つめつぶやいた。

たしかに後方でなにかが起こっている。しかし政宗は、眼前の柵を破ることに集中していた。

柵を守るため押し寄せる敵兵を、休む暇もなく斬り伏せてゆく。その間も、後方で巻き起こる悲鳴は、収まらない。それどころか、どんどんと政宗に向かって近付いてくるようだった。

「ぎやぁぁぁぁ」

「助けてくれぇぇ」

おぞましい声を掻きわけて、なにやら機械的な音が聞こえてきた。金属を擦り合わせるような、歯車を回すような、鈍い音が政宗の耳に届く。

「まさか」

小十郎がつぶやく。

近付いてくる金属音を耳にした時から、政宗も心のどこかで予感していた。

悲鳴の元凶が、ついに政宗と小十郎がいる柵に辿り着いた。

「やっぱりアンタか」

政宗が呻く。

眼前に、鉄の塊が立っていた。

息を呑むほどの巨体を、鉄《くろがね》の鎧で包みこみ、その肩には金色のこれまた大きな数珠《じゅず》を掛けている。全身鉄の塊。兜から突き出た角は、鹿を模している。武骨な兜の隙間から垣間《かいま》見える右の瞳には、無機質な紅の光が宿っていた。

戦国最強、本多忠勝。

幼き家康をその身一つで守り抜いた、歴戦の猛将が、二人の前に立っていた。

その手に握られた巨大な機巧槍《きこうそう》は、これまで一度として砕かれたことがないという逸品である。切っ先は、もはや刃といえる代物ではない。円錐《えんすい》の鋼の塊に、螺旋《らせん》状の筋が鋭く刻まれている。その円錐の塊が、柄を軸に、激しく回転していた。

あの切っ先で抉られた者は、己が息絶えた瞬間さえ解らぬうちに屠《ほふ》られてしまう。

傍若無人なまでの強さは、魔王信長も覇王秀吉も一目置いたほどである。

「いつかは現れると思っていたぜ」

吐き出すように政宗が語りかける。

「…………」

忠勝の全身から発せられる鈍い機械音とは異なる、無機質で甲高い音が鳴った。どうやら政宗の言葉に応えたようだが、なにを言っているのか解らない。

「相変わらず無愛想な男だな」

「……」

またもや甲高い音。

「政宗様っ」

小十郎が呼ぶ。

「おっと、そうだった。オレが会いてぇのは家康なんだ。アンタに関わってる暇はねぇ」

政宗はふたたび柵へと目を向けた。

その瞬間。

「………！」

忠勝の身体から無機質な音が、これまで以上に甲高く響いた。

「政宗様っ」

いきなり小十郎が飛び付いてきた。

その頭上を忠勝の機巧槍が、凄まじい勢いで駆け抜けていく。

「ぬおぅ」

柵を守っていた三河の兵たちも、思わず逃げる。

「このまま柵に留めて押し潰すつもりなのでしょう」

つぶやいた小十郎が、政宗の身体を蹴った。

跳ね飛んだ二人の間を、凶暴な鉄の塊が抜けてゆく。

「ったく、なんて野郎だ」

軽口を叩いてみせるのは、焦っている証拠だった。いかに己と小十郎が揃っているとはいえ、相手は戦国最強である。勝てるという見込みはまったくない。だが、だからといって敗れる気は、政宗には一片たりともなかった。

「政宗様」

暴風のような忠勝の猛攻が、執拗《しつよう》に二人を襲う中で、小十郎がささやく。襲い来る刺突に集中しながらも、耳だけは小十郎に傾ける。

「この小十郎めに策がござります」

「戦国最強を始末する策か？」

小十郎が首を左右に、小さく振った。

「さすがに今の状況で、この男を倒せる策は思いつきませぬ。が、現状を打開することなら可能かと」

二人の間を割るように、機巧槍が政宗の脳天に向かって打ち下ろされる。

「Shit!」

飛び退いた瞬間、それまで政宗が居た辺りの土が衝撃で飛び散り、地面が大きく削られた。

「せやっ」

小十郎の気合。

忠勝の兜を、小十郎の刀が叩く。頑丈な鋼鉄の兜は、傷一つ付いていない。

「でやぁっ」

手応えがなかったにもかかわらず、小十郎は尚も執拗に、忠勝の兜をめがけて刀を揮う。

狙いは兜か？

政宗も刀を揮って、忠勝に向かって行こうとした。

その時。

「手出し無用っ」

小十郎が叫んだ。

その隙を忠勝は見逃さなかった。視線を政宗に向けた一瞬の隙を、忠勝の機巧槍が襲う。

「小十郎」

「ぐはぁ」

回転する槍に突き上げられ、小十郎の身体が、おもしろいように宙に舞った。しかし、突かれたはずの腹に傷がない。

小十郎は、既でのところで機巧槍の切っ先を刀の鎬《しのぎ》で受け止めていた。

なんとか凌《しの》いではみたものの、宙を舞う小十郎の劣勢は続く。

空を見上げた忠勝の背中から、白い煙が、もくもくと湧きあがった。忠勝はなにやら小さな笈《おい》のようなものを担いでいる。立葵《あおい》の金箔が押されたその箱が、縦に二つに割れ、その間から筒が飛び出した。煙を噴き出したのは、その筒である。青い炎とともに、白い煙を吐き出す背中の箱。

徐々に炎が激しくなる。

忠勝が飛んだ。

跳躍ではない。

分厚い鉄で覆われた巨体が、まるで鳥のように飛んだのだ。

天高く舞い上がった忠勝は、そのまま無防備な小十郎めがけて飛ぶ。その手に握られた機巧槍の回転が、ますます速度を上げてゆく。

「くそっ！」

「来てはなりませぬ」

策があると小十郎は言った。ということは、この劣勢も、策のうちということか。

腹心の言葉を信じ、政宗は固唾を呑みながら戦闘の行く末を見守った。

「………」

またもや忠勝が甲高い音を発した。

止めを刺すつもりだ。

両手に機巧槍を握り、小十郎に向かって一直線に飛ぶ忠勝の姿は、もはや一個の恐ろしく巨大な槍であった。

　黒き豪槍が、小十郎を貫かんと天を舞う。

「小十郎っ」

　機巧槍が小十郎を貫いた。と、思った瞬間。小十郎が大きく身体をくの字に曲げ、忠勝の必殺の一撃を避ける。そしてそのまま、眼下を過ぎようとしている忠勝の背に、しがみついた。

「ぬおおぉぉ」

　強烈に吹きつける逆風に顔を歪めながら、小十郎が手にもった刀で、忠勝の背中の箱を突いた。

「…………！」

　これまでとは違う、調子外れな音が、忠勝の身中から発せられた。

　小十郎が突いた辺りから、小さな稲光が迸《ほとばし》り、それまでまっすぐに飛んでいた忠勝の軌道が、ゆらゆらと揺れ出した。

　いつの間にか小十郎は、忠勝の背中に乗っている。肩から掛かる巨大な数珠を必死に摑む姿は、まるで荒馬を乗りこなそうとしているかのようだった。

　白煙を上げながらよろよろと飛ぶ忠勝を、小十郎が操っている。そうこうしながらも、忠勝は徐々に高度を下げてゆく。

「お退き下され政宗様」

柵の前に立っていた政宗に向かって、小十郎が叫ぶ。

政宗が身をひるがえしながら柵の前を退くと、それと前後するように忠勝が頭から激突した。

さながら鉄球と化した忠勝の激突には、どれだけ頑強な柵であろうと耐えられない。行く手を塞いでいた柵が、無残なくらいに砕け散っていた。

「小十郎っ」

全身くまなく白煙を上げている忠勝の背へと、政宗は駆け寄った。

「ま、政宗様」

「大丈夫か？」

うなずく小十郎の頭から血が流れていた。忠勝の背に乗ったまま、上空から柵に向かって激突したのだ。凄まじい衝撃だったはずである。

「さぁ政宗様。ここで留まっている訳には行きますまい。早く徳川の所へ……」

己を置いて行け。

小十郎の目が無言のうちに語っていた。それを無視するように、政宗は傷ついた腹心の腕を取り、立ち上がらせた。

「なにをなされます」

小十郎に肩を貸し、政宗は歩きだした。

「竜の右目。七本目の爪が、こんなところで終わりゃあしねぇだろ」

政宗の視界には、砦へとつづく長い道のりが見える。敵もまだまだ大勢残っている。

「忠勝が走ってきた道でも、そろそろ仲間たちが立ち上がってる頃だ。皆で家康の所まで行こうじゃねぇか」

小十郎が肩から政宗の腕を退けた。よろける身体でなんとか立つと、一歩一歩踏みしめるように、歩きだす。

「大丈夫か？」

「こんな所で留まる訳には行きませぬ」

「OK,それでこそ竜の右目だ」

政宗の心が、小十郎の力を呼び覚ましてゆく。前に進む度に、小十郎の足取りが軽くなってゆく。

「さぁ行きますぞ政宗様」

眼前に立ちはだかる三河武士に向かって駆けだす二人。その後方、破壊された柵の残骸の中で、紅の光が揺れていた。

十二

戦国最強が、そう易々と退いてくれる訳がなかった。

家康に向かって進撃をつづける政宗と小十郎を追いかけるように、忠勝が凄まじい勢いで追撃を開始した。

「急がれよ政宗様」

「OK!」

二人は敵をなぎ倒しながら、迫り来る鉄鬼を逃れるように突き進む。

敵も味方も容赦なしに、倒れる者たちを忠勝は跳ね飛ばす。

駆けているのではない。

浮いている。

先刻小十郎が刀を突き入れた背後の箱から青い炎を噴き出しながら、その勢いで滑るように突進してくる。

疾走する政宗と小十郎の前に、ふたたび柵が立ちはだかった。

このままでは、またもや忠勝と柵に挟み打ちにされ、行くも戻るも叶わぬ状況へと追い込まれてしまうのは目に見えている。

「Shit!　どうする小十郎」

敵兵に斬りつけた勢いのまま、政宗は後方の小十郎を見た。険しい表情のまま、小十郎は前方の柵へと視線を投げている。

柵は目の前。

後方からは戦国最強。

各所に設けた柵で足止めをし、その間に後方から忠勝を追撃させ、挟み打ちにする。

家康の策であることは明白だった。

「力で押し潰そうって訳か」

口元に笑みを浮かべ、政宗は立ち止まった。そして、くるりと踵を返す。

「ま、政宗様っ。なにを？」

いきなり対面する形となった小十郎が、戸惑いの声を上げる。その後方には、迫り来る戦国最強の姿。

「このまま家康の策にはまったままってのも癪に障る」

緩く握っていた刀を、しっかりと握り直す。

「ここいらで戦国最強に、大人しくなってもらえりゃ、後は家康の元まで一直線だ」

「し、しかし……」

小十郎の懸念はもっともである。

口で言うのは簡単だが、実際に奴を大人しくさせるのは容易ではない。

「敵に背中を見せたままってのも気に食わねぇ」

忠勝を真っ直ぐに見据えながら言ってのける。政宗を見る小十郎の目が緩み、呆れるとも楽しむともつかぬような笑みを作った。

「少しずつ……。少しずつだが、ふたたび竜が天を仰ぎ始めましたな」

自分では解らない。

心はいまだ、迷いの森をさまよっている。行く末を見据える余裕もない。

だが、それでも家康の術中にはまったままでいるのは癪だった。

戦国最強という称号も気に食わない。

たしかに忠勝は化け物だ。もはや人の範疇をとっくに越えている。

比するならば、羽州、最上義光の元で見た超土竜角有剛護号とかいう兵器だとか、西海の鬼、長曾我部《ちょうそかべ》元親《もとちか》が有する他のカラクリ兵器などと同じ土俵に上げるべき存在だ。

しかし、忠勝はやはり人である。

人であるならば、人に倒せぬ訳がないではないか。

どれだけ純粋に突き詰めた武であろうとも、人である限り必ず隙はある。

まだ家康が幼かった頃、忠勝にとっての隙は家康本人であった。幼い家康を守るために、忠勝は窮地に立たされることもしばしばあったのである。しかし覇王秀吉を倒すまでに成長した今となっては、忠勝にとってもはや家康は頼もしい主君以外の何物でもなかった。

家康という隙がなくなった忠勝は、本当に完全無欠の男となったのであろうか？

解らない。

先刻、刃を交えた時には、隙など微塵も感じさせなかった。むしろ昔よりもその槍は凶暴さを増したと思ったくらいである。弱みであったはずの家康が、いまでは絆という己の理想を掲げ、天に覇を唱えんと突き進んでいる。主の理想を実現せんと、忠勝は以前よりも強固な意志の下、槍を振るっているように、政宗の瞳には映った。

「政宗様っ来ます」

「Ha!」

平然と笑ってのける。

迫り来る忠勝の槍が、政宗を間合いに捉えた。

「！！！！」

赤く光る忠勝の右目が、いっそう激しく輝いた。

機巧槍の回転速度が増す。

振りかぶる忠勝。

微動だにせず、政宗は構える。

「お逃げくだされ政宗様」

「大丈夫だ小十郎。お前は柵を破ることを考えろ」

「しかし」

「大丈夫だっ！」

武骨なまでに鋭い切っ先が、唸りを上げて政宗へと迫る。

「小十郎っ。お前ばかり良い格好はさせねぇぜ」

政宗は腰に眠る五匹の竜を呼び起こす。

「奥州筆頭、伊達政宗、推して参るっ！」

叫びざま、手に光る六本の雷を政宗が胸の前で交差させた。幾重にも張り巡らされた×印に、忠勝の機巧槍が激突する。

「…………」

ばりばりっ、と激しく削りとるような金属音を轟《とどろ》かせながら、機巧槍が回転する。政宗の六爪が、戦国最強の槍を阻む。

「こんな所で……」

歯を喰いしばる政宗が、両腕に力を込め、一歩足を進めた。

「止まれねぇんだよっ！」

竜の咆哮に気圧《けお》されるように、忠勝の槍が吹き飛んだ。勢いに呑まれ、忠勝自身もわずかに後方へと退く。

しかしさすがは戦国最強。

たじろいだのはほんの一瞬。すぐさま反撃の体勢にうつる忠勝の隙のない動きに、政宗は追撃を断念して構えた。

忠勝も無闇に槍を振るうのを止め、じっと隙を窺っている。

刹那の睨み合い。

それを破ったのは小十郎のひと声だった。

「柵が開きましたぞ政宗様」

数瞬、政宗が後方の声に耳を傾けた。

その機を忠勝は見逃さない。

豪槍がうなりを上げて政宗の喉元へとせり上がるように迫って来る。

「Hyuuuuuu!」

口笛を吹き鳴らし、政宗が思いっきり上体を反らした。その上を機巧槍が駆け抜ける。

無数の蒼い稲光が、じりじりと音をたて、槍と政宗を隔てる間合いを走り抜けた。

突き出した槍を忠勝が引く。

ように見えた……。

体勢を整えんと政宗が身体を起こそうとした途端、忠勝の懐へ戻って行こうとしていた槍が、急に軌道を変えた。

政宗を叩き伏せるように、機巧槍が地面に向かって落ちて来る。

「なっ！」

政宗は苦悶の声を上げる。

防御？

回避？

どちらも間に合わない。

開いた羽織の胸元から覗く黒鉄の鎧を、回転する機巧槍の刃が打った。

「ぐ、ぐふぅっ」

喰いしばった歯の隙間から、血が迸る。

忠勝はそのまま政宗を地面に叩きつけるつもりだ。機巧槍に叩かれた状態で、地に激突すれば、化け物のような豪槍の刃に容赦なく身体を削られ、たちまち絶命してしまう。が、このままではどうすることもできない。

「政宗様っ」

小十郎の声が聞こえる。

駆けて来るのが視界の端に見えた。

助けはいらない……。

この場は己で切り抜けてみせる。

打倒三成を誓い奥州を出て以降、常に小十郎に助けられっぱなしだ。迷い悩む政宗を一番近くで支え、窮地では常に危機の前に立ちふさがる。

それもこれも、小十郎が政宗を信じていてくれるからだ。

いつの日か、ふたたび竜は天に昇る。

その日のために、小十郎は我が身を削り、政宗を前に進めてきたのだ。

だからこそ、ここは己で凌いでみせる。

大丈夫だ小十郎……。

オレは戦える。

その気持ちを示してみせる。

「ぐおぉぉぉぉっ！」

竜は咆哮とともに、機巧槍を抱いた。

「政宗様」

忠勝と小十郎の目には一瞬、政宗の身体が消えたように映った。

「…………！」

その次の瞬間、政宗は宙に舞った。

凄まじい速さで回る槍は、その回転に逆らえばたちまち身を削られてしまう。しかし、槍に抱きついて流れに従えば、そのまま身体は槍とともに回転する。

政宗は機巧槍にしがみつき、回転の流れに乗って地上から脱出してみせた。そしてすぐさま手を放し、回転の勢いのまま宙に舞ったのである。

忠勝は完全に政宗を見失っていた。間合いの外にいた小十郎の方が、先に政宗を見付けたのは当然である。

百戦錬磨の忠勝は、わずかに動いた小十郎の視線から、政宗の位置を確認した。

凄まじい勘働きである。カラクリ兵器並の強固な身体を武器に、獣並の直感力を持った忠勝は、間違いなく戦国最強の通り名に恥じぬ武人であった。

宙を舞う政宗を忠勝の目が捉える。

すでに竜は反撃の構えに入っていた。

わずかな反応のずれが、命のやり取りでは大きな差となる。

忠勝が機巧槍を上空に向ける頃には、落下の勢いに乗った政宗が、六本の爪を振るっていた。

豪槍で天を突く戦国最強と、六爪を広げ地上の獲物を狙う竜が交錯する。

天を睨んだままの忠勝と、勇ましく着地した政宗が、背中合わせのまま動かない。

小十郎以下、周囲で戦っていた両軍の兵士たちも、あまりに凄まじい二人の戦いを、いつしか固唾を呑んで見守っていた。

最初に動いたのは政宗である。

片膝立ちであった身体を、ゆっくりと起こしながら、竜は悠然と立ち上がった。

次の瞬間。

天を仰いだまま動かなかった忠勝の四角い胸の辺りが、激しい破裂音とともに弾けた。鋼鉄の鎧に、六本の深い傷跡がしっかりと刻まれている。荒々しい傷跡からは、黄色い閃光が、ばちばちとほとばしっていた。

「…！！！」

槍を握り直しながら、忠勝が再び動き出す。その動きはそれまでの機敏なものから一変し、どことなくぎこちない。政宗の斬撃によって、どこかに支障をきたしているのは明らかだった。

ぎりぎりと軋みながら、忠勝が振り向き、政宗を正面に捉えた。くの字に曲がった口に、固い意志が漲《みなぎ》っている。

「まだやる気か？」

右手に握った三本の刃を掲げ、竜が問う。

忠勝の右目に宿る赤い輝きが、明滅を繰り返す。

胸の辺りで爆《は》ぜている火花が、次第に落ち着きを取り戻して行く。それと同時に、ゆっくりではあるが、忠勝の動きに緩やかさが戻ってきていた。

「戦国最強。それは、何者にも負けられねぇってことなんだな」

「……」

政宗の問いかけを肯定するように、忠勝が機械音を上げる。

「OK,アンタの心意気。最後まで受け取ってやるよ」

「……」

喜ぶような機械音。

刃を交えるうちに忠勝の発する機械音から、感情を推し量れるようになっていた。

機巧槍を振り上げる忠勝。しかし、やはり先刻ほどの鋭さは失われている。

それでも油断はできない。

相手は戦国最強、本多忠勝である。いかなる状況であろうと、家康を守り、戦い抜いてきた男なのだ。そう易々と勝たせてくれる相手ではない。

「さぁ来いよ」

六本の爪を大きく広げ、竜は戦国最強を待つ。

喜びに震えるように、忠勝が槍を構えた。

赤い瞳が一際大きく光る。

来る！

全身の力を機巧槍に注ぎ込み、忠勝が渾身の一撃を放つ。

小細工など一切ない。

実直なまでに一直線な突きである。

清々しいほどに真っ直ぐな攻撃だ。

だからこそ恐ろしい。

森羅万象、万物全てを打ち砕く。そんな想いが、機巧槍に満ち満ちていた。

武人の果し状である。

避けるような無粋な真似はできない。

真正面から受け止めるのだ。それでこそ忠勝の心に応えることができる。

受け止め、耐え抜き、その果てに勝つ。でなければ、男として、武士として、刀を取って戦う意味がない。

「来いよ」

身中を駆け巡る血が、一滴残らず沸いているのを、政宗は実感していた。

忠勝との戦いが、地に堕《お》ち、傷つき、迷いの中に沈んでいた竜の心を呼び覚ましてゆく。

じりじりじりじり……。

政宗の総身から蒼い閃光が迸っている。兜の下の髪の毛が先端まで尖っているのが、見ずともわかった。

思えば忠勝も雷撃を操る男……。

二人の魂が共鳴し、政宗を揺さぶっているのかも知れなかった。

「さぁ来いよ、戦国最強」

竜の目に蒼き炎が宿った。

機巧槍の切っ先が間近に迫る。

腹の底に気合を溜め、待ち受ける。

天を裂くほどの金属音が、忠勝の身中より迸った。

「！！！！！」

「ぬおぉぉぉぉぉぉぉぉぉぉっ！」

小十郎の咆哮。

背中……。

幾度も幾度も政宗を支えてきた、頼もしい背中が立ちふさがっていた。

「小十郎、お、お前……」

小十郎が受け止めた忠勝渾身の一撃が、凄まじい衝撃を生む。

政宗の身体が吹き飛ぶ。

「ぐおっ」

小十郎の両腕が機巧槍を受け止めている。

回転していたはずの槍先が止まっていた。

弾き飛ばされ転がった身体を起こし、政宗は小十郎と忠勝の方へと視線をやる。

苦悶の表情を浮かべたまま、小十郎が忠勝を遮っていた。

「な、なにしやがる」

震える顔を傾けながら、小十郎が政宗を見た。口からはおびただしいほどの鮮血が溢れている。機巧槍を止めた身体からも、その何倍もの血が流れ出し、地面を真っ赤に染めていた。

「ま、政宗様。あなたの目的はこの場にはないはずです」

「What?」

あまりに唐突な展開に混乱する頭で、政宗は問うた。

感情のない目で、忠勝が小十郎を見る。その手に握られた槍は、なおも小十郎の腹を抉っていた。竜の右目はそれでも動かない。真っ直ぐ政宗を見つめたまま、忠勝の槍を受け止めている。

「り、竜の覚醒は間近に迫っている。その片鱗を、この小十郎ははっきりと見ました。な、ならば、政宗様が刃を振るう場所は、ここではございませせぬ」

家康の元へと向かえ。

傷ついた忠臣はそう訴えている。

「この男は絶対に止めてみせまする。だ、だから政宗様は迷わずに徳川の元へと……」

小十郎の言葉を遮るように、忠勝が槍を振るった。

「ぐぬはぅっ」

悲痛な叫び声を上げ、小十郎が天に舞った。真紅の鮮血が、軌跡を追う。

「小十郎っ！」

跳ねる小十郎を無視し、行かせぬとばかりに忠勝が政宗へと槍先を向けた。

政宗が身構える。

が……。

先刻まで宙を舞っていたはずの小十郎が、いつの間にか眼前に立っていた。

両腕を大きく広げたまま、政宗の前に立ち、忠勝の行く手を塞ぐ。

「さぁ早く」

「だが……」

前方の忠勝に気を向けたまま、小十郎がわずかに振り向き、肩越しに政宗を見た。その瞳から、赤い血の涙が一筋流れている。

「このような所で死ぬ小十郎ではございませぬ。そんなことは、政宗様が良く知っておられようはず」

「そうだったな……」

うつむく政宗。

「さぁ行かれよ。徳川の元へっ！　そして、どちらが天へ昇るに相応《ふさわ》しき男なのか、刃を交え語り合われよっ」

小十郎の決意の言葉。その後半を聞く頃にはすでに政宗は駆けだしていた。

竜の隻眼は、開かれた柵を捉えている。

小十郎が開いてくれた道だ。

「OK, 小十郎。お前の意志は無駄にはしねぇ」

もう後ろは振り返らない。

ただ真っ直ぐ。

太陽にむかって走るのみ。

「それでこそ独眼竜……」

小十郎の声を背中に受け、政宗は走った。

見上げる天に太陽が輝く。

陽光に照らされた砦が見える。

目も眩むような光の中に、家康が立っていた。

十三

「久しぶりだな独眼竜」

清々しい声が、政宗の頬を撫でる。

砦の頂で待っていた家康は、政宗の脳裏にあった姿からは予想もつかないほどの立派な成長を遂げていた。

短い髪を逆立てたその下にある太い眉は、固い意志を漲らせるようにぎんと反っている。腕を覆う手甲はいびつなほどに大きく、拳の辺りに分厚く細長い鉄板がしつらえられていた。全身を金色に統一した鎧は、余計な部分を極力排除した作りで、腹周りなどは覆っていない。下半身を覆う袴は、大袈裟なほどに幅が広かった。一見しただけで、動きやすさを最優先にした鎧であることは明らかである。くりくりとしたつぶらな瞳には、いまだ少年のような輝きを湛え、そこから放たれる眼光には強い意志と決意が漲っていた。

眩しい……。

青年へと成長した家康を見た、政宗の率直な感想だった。

この男が覇王秀吉を倒し、凶王三成の憎悪を一身に浴びているとは、にわかには信じられなかった。

「そろそろお前が来るころだろうと思っていた」

敵意を浴びながらも、ほがらかに言ってのける家康に、政宗は複雑な感情が湧きあがるのを感じた。

家康は、何者をも拒絶していない。それだけの器と決意が、陽光のような気となって全身から溢れ出ていた。一見すると、世間知らずの餓鬼の振る舞いのような印象を受ける家康の物腰だが、そこには長年の忍従の日々において受けた様々な苦悩が溶け込んでいる。周囲を強敵に囲まれ、戦国最強の背後で耐え忍んだ日々を越え、それでもたった一つの理想だけは捨てなかったという強さが、今の家康を支えている。

家康に迷いはなかった。

まっすぐに政宗を見る穏やかな視線が、それを十二分に物語っている。

嫉妬？

羨望？

認めたくない思いが、心の中を駆け巡る。

「余裕じゃねぇか家康。少し見ねぇ間に、そこまで変われるものか」

心に渦巻く想いを断ち切るように、政宗は吐き捨てた。

家康がかすかに微笑む。

笑顔が眩しい。

「ワシはなに一つ変わっちゃいないさ。もし変わったとすれば……」

両の拳をがちりとぶつけ合う。

「身の丈くらいかな」

砦へといたる道々では、いまだ戦闘が続いている。しかし、そんな家臣たちの激戦など、家康には関心がないといった様子である。

「皆がアンタのために死力を尽くしてるってのに、ずいぶんな軽口が叩けるもんだ」

「ワシは仲間を信じている」

真正面から堂々と言ってのけた。その姿に、王者の風格すら感じる。

「お前も同じだろ？　独眼竜」

信じている。

当たり前だ。

だが……。

そんなことは、そうやって軽々しく他人に向かって口にする言葉ではないはずだ。心の奥底に秘めている類の想いである。

しかし家康は、それを臆面もなく言ってのける。それでも嫌味が微塵もないのは、この男の人柄のなせる業なのであろうが、やはりどこか違っているような気がした。

抜いたままの刀を、家康に向かって突き出す。

「徳川家康」

微笑みを崩さず、家康は受ける。

「オレは、アンタの言う絆の力とやらを確かめに来た」

「解っているさ」

「オレにはどうにも、アンタの言うことが全部絵空事に思えてならねぇ」

仲間を信じる。

言うのは容易《たやす》いが、そんな家康を信じて死に行く者をどうするというのだ。ありがとうなどという感謝の言葉で片付けるつもりか？

礼を言われても一度死んだ命は帰ってこない。

だからこそ、武将は言葉を選ばなければならないのだ。信じてるという甘い言葉が、家臣を殺すこともある。

絆の力で天下を統べる。

聞こえは良いが、すべてが明るい絆とは限らない。

家康と三成を繋ぐ絆はどうだ。三成にとって、家康は主を殺した仇なのである。

いずれかが死なねばならぬ宿命なのは、誰にでも解ることだ。

絆、絆と騒いだところで、果たして天下は治まるのか？

政宗には家康の唱える理想のその先が、見えなかった。

「絵空事か」

切っ先をしっかりと見据えたまま、家康がつぶやいた。

「随分と辛辣《しんらつ》な物言いだな。お前らしいよ独眼竜」

「その言い振りが信用ならねぇんだ」

「ならばどうする？」

家康が拳を握った。

「ワシの描いた夢が絵空事か否か。お前はどうやって確かめるつもりなんだ？」

家康が腰を落としてゆく。足の裏が地を滑る度に、家康の身体に闘気が溜まる。政宗は肌にぴりぴりと刺すような刺激を感じた。

「解ってるだろ？　回りくどい言い方をするんじゃねぇ」

「ふふふ。そういうところもお前らしいな」

「そうやってなにもかもを受け入れようとするアンタの態度が……」

竜が地を蹴った。

「気に食わねぇんだよっ」

真っ二つに割る気概で家康の脳天へと振り下ろす。

両の拳が刃を挟む。

凄まじい膂力《りょりょく》。

押し込もうとするが、一寸たりとも刃が進まない。

「刀で語り合うか……。独眼竜。ワシはそんなお前が嫌いではない」

刀を止めたまま、家康が笑みを湛えて語る。

「いつもの槍はどうした？」

幼いころの家康は、己の身の丈よりも長い槍を常に携えていた。錫杖《しゃくじょう》の化け物のような槍を抱き、忠勝の背後に控えていた家康は、頼りない少年であった。

「この拳ですべての絆を繋ぐと決めた。槍などいらぬ」

青年へと成長した家康の真っ直ぐな瞳は、あのころから変わらない。いつもどこか遠くを見ていながら、行く末を見失わない強さが、家康の眼光にはある。

天への道を見失った今の政宗には、家康の真っ直ぐな瞳は、あまりにも眩しすぎた。

湧き上がる全ての感情を殺気に変え、政宗は家康を睨む。

息を呑むほどの殺気を浴びながらも、家康は悠然と構える。

「隙あらば首を掻こうとする……。それぐらいの剣呑《けんのん》さがお前には似合う」

「ぐだぐだ言ってる暇はねぇぞ」

両腕に力を込め、刀を噛んだままの家康の拳を振りほどく。その勢いが、両者の間合いを離した。

拳を腰の辺りで構える家康の顔が嬉しそうに輝く。

「さぁ来い独眼竜。ワシはお前を越えて行こう」

越えて行く……。

政宗を越えた先に家康が見ているのは、石田三成である。

政宗の脳天に怒りの電撃が走った。

「石田はオレの獲物だ。絆なんて甘いことを言ってるアンタに渡すつもりはねぇ」

「甘いことだと？」

それまでにこやかだった家康の頬が、ぴくりと震えた。

「甘いかどうか。絵空事かどうか。お前の力で確かめてみろっ」

「OK!　最初からそうさせてもらうつもりだ」

同時に駆けだした二人の間合いが一気に詰まってゆく。

「アンタが素手だろうと、もう手加減はしねぇぜ」

「皆の想いを摑んだワシの拳は、どんな刃にも砕けはせぬっ」

激突！

斬りかかった政宗の刃に、家康が右の拳を合わせる。

火花が散る。

「なっ！」

政宗は目を疑った。

刀を押し退け、家康の拳がせり上がってくる。
とっさに上体を反らして避ける。
その瞬間。
腹に強烈な痛み。
左だ。
左の拳が突き刺さっている。
凄まじい腕力が政宗を後方へと押す。
突き飛ばされるように政宗は退いた。
家康が迫ってくる。
速い。
間合いを確保するため、そして体勢を整えるために、政宗は迫り来る家康を斬った。
腰を起点に上体をかたむけ、家康は最小限の動きで避ける。
家康の足は止まらない。
振り上げられた拳が政宗の顔面に迫る。
振り下ろしたままの刀では、防御すら間に合わない。
「ちいっ！」
左手を柄から放し、腰の刀を引き抜いた。

防御する気はない。

引き抜きざまに家康の顔を斬るつもりだ。

相手は拳。

相討ちならば、こちらに分がある。

刹那。

それまで凄まじい勢いで間合いを詰めていた家康が止まった。鼻先を刃がかすめるのを、わずかに身を反らしてよける。

鼻先を拳で擦りながら、家康が政宗に微笑みかけた。

「やっと二本だな」

「けっ」

六爪流を早く見せろと、太陽のように熱い視線が言っていた。

家康の拳は、侮《あなど》れない武器である。家康自身が言うとおり、そこいらの刀では砕くことは不可能だ。

その上、速い。

凄まじい身のこなしと、刃の間合いに入っていても臆することなく冷静に対処できる胆力が、拳という武器を何倍にも危険なものにしている。

息もつかせぬ素早さで一気に距離を詰め、そこから繰り出される左右の拳は、言うなれば極端に間合いが短い二刀流であった。しかもこの二刀流、一刀一刀が物凄い威力を有している。

先刻、政宗を打った左の拳は、おそらく全力ではない。六爪流で来いと挑発する家康の姿勢からも、それは十分にうかがえた。

もし全力で家康が打って来たら……。

考えた政宗の背筋に、うすら寒いものが這い上ってきた。

「どうする、まだ続けるか？」

「まだ始まったばかりじゃねぇか」

「それもそうだな」

家康はまるで友との遊戯に興じる童のように、屈託のない笑みを浮かべた。

まだまだ余裕……。

家康の余裕綽々の笑みを消し去るために、政宗に残された手は一つしかない。

誘いに乗る形になるのは癪に障るが、それでもこのまま家康の器の中で踊るのだけは我慢がならなかった。

絆も器も己が壊す。

壊して三成を倒す。

「上等じゃねぇか。そんなに見たけりゃ見せてやるぜ」

一度抜いた二本の刀を鞘に納め、政宗は両手の指の股に柄を挟んでゆく。

楽しそうに目を輝かせ、家康がそれを見つめる。

「この心臓を狙うんなら今のうちだ。でなけりゃ……。You're gonna be sorry.……OK?」

肩から拳に向かって蒼い閃光が駆けめぐった。

両手に握った三本ずつの刀を一気に引き抜く。

竜が跳ぶ。

太陽は逃さない。

右の三爪。

左の拳が迎える。

交錯。

互角。

「やるじゃねぇか」

右の三爪が太陽の横っ腹を狙う。

太陽が虚空で身をひるがえし避けると同時に、振り下ろされた刀を足場にして跳んだ。

追おうにも、勢いが足りない。

「空の利を得たぞ」

勝ち誇ったように語る太陽。

落下する速度に乗せ、振り上げた右の拳を振るう。

竜の顔面を重い拳が襲う。

背中を地面に叩きつける。

苦しむ余裕はない。

着地と同時に太陽の拳が追撃の挙動を取った。

政宗は全身の力を収縮し、一気に解放させ跳ねる。

そのまま立つ。

すでに太陽は迫ってきている。

呼吸の暇さえ与えてくれない。

眩《まばゆ》い拳が空を切りながら迫ってくる。

防御?

いや……。

行く。

左右の爪を思いきり後方に絞り込み、そのままの格好で太陽に向かって駆ける。

身体に引き寄せた力を解き放つかのごとくに、拳が竜の顔面めがけてせり上がってきた。

竜巻が起こる。

凄まじい風圧。

吸い込まれそうになる身体を必死に押し止めながら、竜は六本の爪で太陽を裂く。

「くうっ」

初めて太陽が苦悶の声を上げた。その顔からはすでに笑みが消えている。

胸を覆う金色の甲冑に、×印の傷が走った。

浅い。

一歩踏み込む。

と……。

それを見越したように、太陽の拳が横薙ぎに襲ってきた。

かわしている暇はない。

顔面で受け止める。

衝撃が兜を突き抜け、骨まで届く。

気が遠のきそうになる。

それでも一度奔《はし》らせはじめた刃は止めない。

太陽の左肩を、竜の爪が掻いた。

拳と爪で打たれた衝撃で、互いに真横へ吹っ飛ぶ。

間合いが開いた。

ぐらぐらと揺れる視界に、太陽を捉える。

太陽の左肩を覆っている鎖帷子が弾け、露わになった肌には、竜の爪跡が三本、くっきりと残っていた。
傷口から噴き出す鮮血で、左手の金色の籠手《こて》が真紅に染まっている。
「やるじゃないか」
笑みをかたどる太陽の口元に、もう余裕はない。
「くっ喋《ちゃべ》ってる暇はねぇぜ」
一度目覚めた竜は止まらない。
再び太陽に向かって跳ぶ。
すでにその爪は振り上げられている。
「楽しいなぁ独眼竜」
迎える太陽。
三本の爪が、拳に弾かれる。
ならばもう一方の爪。
またも弾かれる。
次。
弾く。
休まず繰り出す爪のことごとくを、太陽の拳が弾いてゆく。
互角。

激突の衝撃が互いを分けた。

もう一度間合いを詰める。

竜は、頭の中から悩みが消えていることに、己でも気づいていなかった。

ただ目の前の太陽に向かってゆくだけである。

竜は純粋な魂へと昇華していた。

太陽の繰り出す拳は、どこまでも竜を迎え撃つ。

竜も太陽の攻撃を、いつまでも撥ね除ける。

久遠の時が、二人を包む。

だが。

至福の時は、あまりにも唐突に終わりを迎えた。

斬撃が、太陽を襲おうとした刹那。

防ごうと動く傷ついた左腕が、一瞬遅れた。

直撃。

竜の爪が太陽を襲う。

「ぐわぁぁっ！」

鮮血をほとばしらせながら吹き飛ぶ太陽。その脇腹からは、尋常ならざる量の鮮血が溢れだしている。

転がる太陽を竜が追う。

のけぞる太陽。

首筋に竜の爪。

時が止まる。

「なにか言いたいことはあるか？」

竜が問う。

太陽が微笑む。

「ひとつ頼みがある」

「なんだ？」

「三成を……。三成を闇から救ってやってくれ」

どこまでも眩い陽光に、竜の爪は振るうべき相手を見失った。

*

砦の頂には、政宗と家康の他に誰もいない。

寝そべる家康の横で、政宗はただ座ったまま、天を仰ぐ青年の眩しい顔を眺めていた。

流れる血を止めるため、政宗は己の羽織を引き裂き、家康の腹に巻いた。出血は収まってはいないが、家康の顔から生気が消えることはなかった。

「お前に助けられるとはな」

「Ha」

家康がゆっくりと上体を起こす。その背に政宗は手を差し伸べた。

「すまん」

礼を述べると、家康が政宗の腕に身体を任せた。温かい背中から伝わってくる、信頼の情が、政宗の心を揺さぶる。

「アンタは……」

「ん？」

口籠る政宗の伏せた左目を、家康の熱い視線が捉える。

「アンタは石田さえも救うつもりなのか？」

「あぁ」

嘘など微塵も混じってはいない。真正面からの答えである。

「独眼竜」

今度は家康が口火を切る。

「お前は、三成を許す気はないのか？」

「許す、だと？」

家康がうなずく。穏やかな中にも厳しさを感じさせる良い表情だった。

「今のお前にはそれができる気がする」

三成を許す……。

それは政宗自身思ってもみないことだった。

三成に敗れ、天へとつづく道を見失った。そんな政宗にとって、三成を倒すということは、見失った天への道をふたたび見出すための標である。

その三成を許せと、家康は言った。

あり得ない。

あり得ないはずなのに、どうしても拒絶する気になれない。

だから政宗は黙っているしかなかった。

「徳川家康」

黙したまま太陽が言葉を待つ。

「オレはアンタの言う絆の力ってものを、理解しちゃいねぇ。理解しちゃいねぇが」

喉に留まる固い物を吐き出すように、政宗は言葉を吐き出す。

「アンタの行く末を見てみてぇと思う」

ほがらかな笑みを浮かべ、家康は政宗を見つめたまま動かない。

「オレと同盟を結んでくれ」

「もちろんだ」

「ただし条件がある」

「条件？」

家康が小首を傾《かし》げる。

「オレとアンタは対等だ。どっちが偉い訳でも立場が上でもねぇ」

大きく目を見開き、家康が答える。

「当たり前だ。それに……」

家康は震えながら立ち上がる。肩を貸し政宗が助ける。

「ワシはお前に負けたではないか」

眩い言葉が政宗の胸に突き刺さる。

いや……。

勝ったのは家康だ。

生死と傷を負った差のみが勝敗だというのなら、確かに政宗が勝ったのだろう。だが、政宗は家康を殺さなかった。それどころか、倒そうと思っていたはずの家康に、同盟を申し出ている。

無理にではない。

みずから望んでのことだ。

刃を交えてみて解った。殺すには惜しい男。そして、行く末を見てみたいと思わせる男。それが徳川家康という男だ。

そう政宗に思わせた時点で、家康は勝っている。

「勝ち負けなんてどうでも良い」

負けたのはオレだ。

素直に言いたかった言葉を呑み込んで、もう一度、政宗は家康の瞳を見つめた。

「共に行くぜ石田の元へ」

「あぁ」

力強くうなずく家康の顔には、弱かった少年時代の迷いはない。

ながめる政宗の顔からも、迷いの色が消えかかっていることを、まだ竜自身は気づいていなかった。

十四

奔る。

傍らには竜の右目。

片倉小十郎。

その隣には戦国最強。

本多忠勝。

そして、忠勝の向こうに見える太陽。

徳川家康。

四人の猛者が、唯一人の男を目指し突き進む。

待ち受けるのは凶王。

石田三成。

西の諸将たちを束ね、三成が大軍とともに大坂を発ったという報告を政宗たちが受けたのは、三河でのことだった。家康との決戦を終え、束の間の休息中であった。

戦闘で傷ついた家康と小十郎の傷も癒えた頃、三成蜂起という報せが、家康の元にもたらされた。

報せを受けた家康は、すぐさま決戦の兵を挙げた。当然、三河逗留《とうりゅう》中の政宗もこれに同調することになったのである。

敵は、石田三成を筆頭に、大谷吉継《おおたによしつぐ》、毛利元就《もうりもとなり》、小早川秀秋《こばやかわひであき》。四国からは長曾我部元親。九州からは島津義弘《しまづよしひろ》。そして、家康と戦うために苦渋の選択を強いられた、あの真田幸村も彼等に続く。

一方、家康と政宗に続く東の諸将はというと、軍神、上杉謙信《うえすぎけんしん》。北条氏政、最上義光。傭兵、雑賀孫市《さいかまごいち》。伊予の巫女《みこ》、鶴姫《つるひめ》らである。

謙信以下の東軍の諸将は、家康の決起に呼応し、みな国を出て大坂に向かっている。

日の本を二分する大戦が始まろうとしていた。

蒼と金の軍旗が山間の林道を行く。

目指すは大坂から東へと進む三成である。このまま行けば、両軍が激突するのは、美濃国《みののくに》、関ヶ原辺りになると、政宗は見ていた。その見解は家康も同様で、東軍諸将たちにも、関ヶ原を目指すようにという文を送っている。

「おかしいぞ独眼竜」

家康が叫んだ。

馬の速度を緩めることなく、政宗は視線だけを家康にやる。

「この小十郎も思うておりました」

かたわらの小十郎が家康の声に同調する。

「……」

忠勝の機械音がそれに続く。

皆が発する言葉の真意に、政宗も半刻程前から気付いていた。

関ヶ原へとつづく林道を駆ける政宗ら東軍の一行であるが、先刻からずっと同じような道をぐるぐると回っているように思えた。

二刻も前から一本道である。

どこかで道を間違うようなことはない。

「あれを見ろ独眼竜」

家康が、道の脇の森の中にたたずむ地蔵を指さした。赤い前掛けを着けた地蔵の頭が、わずかに欠けている。

「あれと同じものを、ワシは先刻見た」

路傍の地蔵など、政宗は気にもかけていない。が、家康の声を聞き終えると同時に、ある一本の木が目に飛び込んできた。

「どうやらアンタの言いたいことは間違っちゃいねぇようだな」

徐々に近づいていている一本の杉の木。その表面には、小さな傷が付いていた。横棒の中央辺りがわずかに彎曲《わんきょく》した傷である。

弦月……。

先刻、政宗が己の兜の前立てを模して付けた傷である。

とっくに通り過ぎたはずの杉の木が、ふたたび前方からやって来た。

政宗は確信した。

「どうやらオレ達は同じ道をぐるぐる回っているようだ」

四人を取り巻く空気がぴりりと張りつめた。

「何者かの仕業か」

家康がつぶやく。

「とすれば、石田方の妨害でありましょう」

鋭い眼光で周囲を見渡しながら、小十郎が答える。

「Ha!」

三成の策であるとすれば、奴はなにを企んでいるのか？

家康と政宗を遅参させ、いち早く関ヶ原に到着した東軍の諸将を倒してしまうつもりだろうか。それとも、徳川と伊達の軍勢をこの森で迷わせているうちに、一気に三河を落としてしまうつもりであろうか。

とにかく、堂々巡りのこの森から抜け出さなければ、決戦地となるであろう関ヶ原へ辿りつけない。

四人は馬を止めることなく、不可思議の原因を探る。

政宗の脳裏を猿飛佐助の顔が過った。あの忍ならば、森に仕掛けを施すことも容易いはずだ。過日も、上田城へと向かう政宗を、足止めするため、奇襲をかけてきた。

佐助の仕業である可能性は高い。

しかし。

そこまで考え、政宗は思い至る。

果たして真田幸村がそのような姑息な手を使うだろうか？

今から行われるのは天下分け目の決戦である。そんな大戦《おおいくさ》に際し、幸村が卑劣な所業を好むとは到底思えなかった。

真田は知らず、武田の忍の独断で行われた？

それも違う。あの忍は、幸村の身の為であれば独断専行もするだろうが、こんなことであの熱血の男が喜ぶとは思えない。

武田の忍でもないとすれば、一体誰が……。

そこまで辿り着き、政宗の思考は再び闇に包まれた。

「………」

「どうした忠勝？」

問いかける家康を見ずに、戦国最強が森の奥に広がる闇に目を向けている。

「独眼竜」

家康の声に、政宗は手を上げた。後方の軍勢に対し、止まれという合図である。

四人が馬を止めると、家臣たちもそれに続く。

政宗と小十郎、そして家康。三人の目が忠勝に注がれる。

忠勝は動かず森を見ていた。その手ににぎられた機巧槍が、かすかに揺れている。

ふと、闇の中に青白い火が灯るのを、政宗は見た。

その時にはすでに忠勝の手から機巧槍が放たれている。

向かう先は、政宗が見た青白い灯火。

唸りを上げて機巧槍が飛ぶ。

機巧槍が灯火を裂いた。

と、同時に、政宗たちの頭上に、おぞましい男の笑い声が降り注いだ。その声は、複層的な響きを湛えて兵士たちを覆った。森の異変に気づいていなかった男たちが、怯えるように周囲を見遣る。

「家康」

政宗が呼んだ。その目は忠勝と灯火を離れ、前方の林道へと注がれている。

政宗の声を耳にした家康も、竜の視線の先を窺う。

炎が揺れていた。

青い八つの炎。

政宗は目を凝らす。

見たことのある光景だった。

あれはたしか、上田城へ行く途中。

佐助の妨害に遭遇した時だ。

佐助が見せた白い布に全身を覆われた男。

男の周囲を回っていた八つの青い玉。

政宗の記憶の糸を辿るように、八つの炎が青い玉に変化した。そして、くるくると虚空を回る玉の中央に、一人の男が姿を現したのである。

「テメェは」

小十郎が呻くような声を上げた。小十郎も、政宗同様、その変化を見ている。目の前の光景に苦悶の声を上げるのは無理もなかった。

政宗と小十郎の動揺をよそに、家康が冷静な様子で馬をわずかに進めた。

「お前の仕業だったのか」

家康の言葉に、布にくるまれた男の口のあたりがもごもごと動いた。

「凶王の饗応を受けし者どもよ。地獄の宴まではいましばらく時を要する故、この場にてわれと戯れよ」

「相変わらずだな刑部《ぎょうぶ》」

家康が呼びかけると、刑部と呼ばれた男の布に覆われた口元が不気味に歪んだ。

刑部……。

政宗は記憶を辿る。

三成に与する諸将の中に、刑部という官職を持つ者がいることは知っている。その男は、並々ならぬ智謀をもって、生前の秀吉から多大なる寵愛《ちょうあい》を受け、秀吉の死後は、復讐に燃える三成を陰ながら支えていると聞く。

その男の名は……。

「あれが大谷〝刑部〟吉継か」

それで過日の佐助の行動が腑に落ちた。

あの時、佐助は言った。


せっかくの俺様なりの贈り物だったんだけどなぁ……。


三成の盟友、大谷吉継に化けることによって、幸村が三成と同盟を結ぼうとしていることを、佐助は暗に告げようとしていたのである。

「初に御目に掛かる。以後御見知りおきを、独眼竜」

白濁した瞳が政宗を射た。

「三成が待っている。刑部、ここは通してもらうぞ」

また一歩馬を進めた家康を、忠勝の鋼鉄の腕が止めた。

「ほう、本多が来るか」

細い布まみれの腕をゆるりと漂わせながら、浮遊する輿《こし》に乗った吉継がつぶやく。

四人の背後に控える軍勢は、吉継の放つ妖気にも似た殺気を前に、身動きひとつ出来ないでいる。

「……………!」

機巧槍を構えた忠勝が家康の前に出る。

政宗が馬腹を蹴ろうと太股に力を込めた。

「独眼竜。ここは忠勝に任せてくれ」

悟った家康の声が、政宗を止めた。

「OK,時間がねぇんだ。さっさと終わらせてくれよ戦国最強」

「…………」

政宗の方を見遣ることもなく、吉継と対峙する忠勝が、甲高い機械音を上げた。

『了解した』

政宗には忠勝がそう答えたように思えた。

「奴の言葉が解るようになってきたぜ」

「この小十郎めも同じことを思うておりました」

顔をしかめた小十郎が、政宗を見た。

＊

敵として相対する忠勝は、砕くこと叶わぬ鉄の壁のごとき強敵である。が、味方となれば、これほど力強い者はいなかった。

吉継と戦う忠勝の背中を見つめ、政宗は感嘆の吐息を漏らす。

もう一刻あまり戦っている。

幼少の家康が見ていた景色を政宗は見ていた。

戦国最強の鬼神のごとき戦いぶりは、壮絶の一語に尽きた。

縦横無尽に繰り出される吉継の八つの玉を、忠勝の機巧槍がことごとく撃ち返す。暴風と化した戦国最強は、妖魔の猛攻すらものともしない。

まるでこの世のものとは思えぬ戦いである。

家康のために身命を捧げた忠勝は、物言わぬ鉄の武神。

対する吉継は、凶王の影として暗躍する妖魔の化身。

二人の戦いはどれだけ刃を交えようとも、一向に熱を帯びない。ただ相手を屠ることだけのために、攻撃が繰り出される。

忠勝の槍も吉継の青き玉も、すべて相手の急所を狙う。防御を怠ればたちまち死へと誘われる必殺の一撃の応酬である。

政宗の求める戦いとは違う戦闘が、そこにはあった。

刃を交え、相手を知る。

それが政宗の理想とする戦いの形である。

しかし、忠勝と吉継のそれは、相手を殺すことのみを求めるものだった。

これもまた戦いの一つの形……。

立ちはだかる敵を倒さなければ一歩も進めない。

それが戦である。

ならば、迷いも躊躇もなく、確実に相手を仕留めることが、戦においては一番効率的な勝利への道だともいえる。

忠勝と吉継は勝利への最短距離を確実に進む者たちだ。

殺す。

それもまた真理なのだ。

政宗はそう言い聞かせながら、二人の殺戮《さつりく》の宴を見守っていた。

傍らで忠勝を見つめる家康の目には、迷いは一切ない。ひたすらに忠勝を信じ、目の前で繰り広げられる死戦を、黙したまま見つめる姿は、頼もしい主のそれである。

爆音が轟いた。

「ほう……」

感情の無い声を吉継が吐いた。その周囲を回る玉が七つに減っている。

吉継と対峙する忠勝の足元に、砕けた玉の欠片が転がっていた。

先刻の爆音は、忠勝が吉継の玉を砕いた音だった。

「やりおる。流石《さすが》は戦国最強」

満足気に吉継がつぶやく。

忠勝は聞いていない。

凄まじい炎を背後の笈から吐き出しながら、吉継に向かって突撃する。

うなりを上げ、機巧槍が吉継を襲う。

刹那。

吉継を乗せた輿が、ふわりと浮きあがった。

「……！」

空振りした機巧槍を引き戻す忠勝の顔が、天を仰いだ。

戦国最強の頭上をゆらゆらと漂う吉継の白濁した目が、眼下の全てを見下ろしている。

「ぬしらとの戯れ。存分に楽しみたきところなれど、われがこの場で滅びれば凶王の宴を差配するべき者がおらぬ」

高慢に語る吉継に向かって忠勝が飛んだ。

轟音を上げ戦国最強が天を翔《かけ》る。

「悪鬼の首に鎖を付けるは、われの仕事にあらざるなりて……」

ぎゅるぎゅると回転する機巧槍が吉継の首を貫いた。か、に思えた……。

それまで虚空を漂っていたはずの吉継の姿が消えた。

周囲を探る忠勝の背後に、とつぜん吉継が姿を現した。

「鉄塊は大人しく地に伏しておれ」

妖しいつぶやきとともに吉継の手から放たれた七つの玉が、忠勝の周囲を凄まじい速度で回転する。忠勝と玉の間に、無数の雷撃が起こった。

何度も何度も忠勝が雷に打たれる。

「忠勝ぅっ！」

たまらず家康が鞍《くら》を蹴って跳んだ。

「男と男の戦いを穢《けが》すとは、三河武士とはかくも無粋な者共よな」

振り上げた家康の拳が吉継を打つと思った瞬間、ふたたび輿に乗った姿が消えた。

空を切る家康の拳。

吉継とともに玉が消え、雷撃から解放された忠勝が、真っ逆さまに落下し、地面に激突した。

「忠勝っ」

着地した家康が、いまだ小さな雷を全身からほとばしらせている忠勝に駆け寄る。感電することも厭わずに、家康が忠勝を抱き起こした。

「徳川、そして伊達よ。われ、凶王とともに関ヶ原の地にて待っておる。ぬしらが死する血の宴。この吉継と凶王三成が催して進ぜよう」

誰もいない虚空に、吉継の声が響く。

「忠勝っ。しっかりしろ忠勝ぅぅぅっ！」

「……」

か細い機械音を忠勝が鳴らす。

『大事はない』と、忠勝は告げている。

第一の絆の声にうなずく家康の元へ、馬を下りた政宗は、ゆっくりと歩みよった。

怒りに震える家康の肩に手を添える。

「そんな顔はアンタには似合わねぇぜ」

「独眼竜」

顔を上げた家康の目にうっすらと涙が溜まっている。見ぬふりしながら、政宗は口を開いた。

「とにかく招待状は受け取った。本多の傷が癒え次第、関ヶ原に行くぞ」

「すまぬ」

閉じた家康の長いまつ毛の間から、涙がこぼれ落ちた。

「怒りは胸に秘め、再び相見える日を待てばいい」

「あぁ」

力強くうなずく家康に、政宗は微笑みを返す。

「さぁRevengeだ」

十五

東軍の一発の銃弾が、決戦の火蓋を切る。

大軍勢同士の激しいぶつかりあいは、すぐさま混戦となった。様々な思惑を胸に秘めた両軍諸将たちは、みずからの敵を見つけ、軍勢をひきつれ突進してゆく。

政宗の標的は当然決まっている。

凶王、石田三成である。

他の武将に、興味はない。

小田原での敗北からずっと、この想いだけを胸に抱いて闘ってきた。

待ちに待った強敵との邂逅が間近に迫る。

「邪魔する奴は片っ端からぶっ倒せぇっ！」

昂る家臣たちに檄《げき》を飛ばす。みずからが振るう刃も、戦が始まってから一度も休むことはない。

騎乗したまま、眼下に押し寄せる敵兵たちを斬り伏せてゆく。

「最初からそんなに飛ばすと、最後まで続かないぞ独眼竜っ」

間近で戦う家康が叫ぶ。太陽は戦闘が始まるとすぐさま馬を下り、己が足で駆けながら戦っている。拳を武器とする家康は、間合いが狭い。騎乗しているよりも、敵と同じ地平に立ったほうが戦いやすいようだった。それでも騎乗したままの政宗や小十郎に付いて来るその脚力には、驚くべきものがあった。

「Ha!　オレの心配をするくらいなら、自分の心配をしたほうが良いんじゃないか？　ぼやぼやしてると石田はオレが倒しちまうぜ」

「はははははっ！　その時はその時だ」

息を切らせることなく走る家康の拳が、眼前の敵兵を殴り飛ばす。

「ワシとお前。どちらが先に三成に辿りつこうと、恨みっこなしだ」

清々しい声が政宗の背中を押す。

「OK!　こっから先は、お互い別々の道を行こうじゃねぇか」

「あぁ。望むところだ」

槍をつかんだ敵兵が大きく跳躍し、馬上の政宗を襲う。鋭く突き出される刃を、顔を傾けさらりとかわしながら斬る。

敵兵が家康に向かって跳んでゆく。太陽は避けもせずに、拳を放って払い除ける。

「じゃあな家康」

「あぁ、三成の元で会おう」

「戦国最強。しっかりと大将を守れよ」

「……」

愚問、という響きが、機械音に籠っていた。

「行くぜ小十郎」

「はっ」

掛け声と共に、政宗と家康はそれぞれ左右に道を別れた。互いに異なる敵に向かって突撃してゆく。

「せぇいりゃぁぁぁぁっ！」

渾身の咆哮。

眼前に広がっている敵味方入り混じる乱戦模様が、政宗の荒ぶる雄叫びを受け、仰け反った。

その隙を見逃す政宗ではない。

ひるんだ敵軍に乱入する。

いとも簡単に人の壁が割れた。

政宗が刃を振るう度に、道ができる。

これほど純粋に戦場で刀を振るうのは、いつ以来であろうか？

三成に負けてからというもの、常に政宗の刀には思いが絡みついていた。

迷い。

葛藤。

躊躇。

様々な思いが絡みついた刃は、一撃一撃がやけに重く感じられた。

この一刀はなんのため？

この一撃は誰のため？

刀を振るう度に、見えない意味を探していたような気がする。

しかし、今日の政宗の刃は、そんな一切の思いから解き放たれていた。

目指していたものが此処《ここ》にはある。

迷いながら地を這いずりまわり、ずっとずっと探してきたものが、この道の先に待っているのだ。

答えはすぐそこにある。

ならばあとは無心に刃を振るうのみ。

刀を振るい、道を開き、戦って戦って、戦い抜いたその先に、きっと答えは待っている。

ずっと傍で戦ってくれた小十郎が、今日も竜の背中を守っていた。天へと昇る道を見失い、竜が地に堕ちようとも、見捨てず信じ抜いてくれた盟友。

小十郎がいてくれたからこそ、政宗はこの決戦の地に立っているといっても過言ではなかった。

「ついに来たな……あの日の汚名をすすぐ時が」

独り言。

しかし乱戦の中にあっても、小十郎はしっかりと主君の言葉を聞き逃さない。

「左様でござりますな」

静かに口にした盟友の言葉に、喜びの色が滲んでいる。

「小十郎」

「はっ」

二人が振るう刃が、人の波を掻きわけてゆく。

「ついて来い……石田の元まで。何があろうと、この背を守れ」

言った政宗の背後に向かって、敵兵が跳んだ。

小十郎の刃が、すかさず斬り捨てる。

「はっ！　あの日の誓いにかけて！」

馬を接し、微笑みあう二人の姿に、周囲で奮闘する伊達軍の面々が雄叫びを上げる。

「さぁ、止まらずしっかりついて来いよっ」

「筆頭おぉぉぉぉっっ！」

もはや伊達軍の勢いを阻む者はいなかった。

＊

真紅の軍装。

混戦をひた走る政宗たちの前に立ちはだかったのは、武田軍を率いる真田幸村であった。

「上田城での傷は癒えたか？」

馬上から問う政宗に、しっかりと両の足で地面を噛んだ幸村が、燃えるような視線を投げた。

「政宗殿……。貴殿がここを通るというのなら、この幸村、命に替えても通す訳には行きませぬ」

決意に満ち満ちた幸村の声に応えるように、政宗は馬の背を蹴り、地上に降りた。

両軍の兵士たちが、二人のやり取りを固唾を呑んで見守っている。幸村の後方に控える佐助も、政宗の背後に立つ小十郎も、家臣たち同様、微動だにせずに、二人の一挙手一投足を注視していた。

「それはアンタ自身の言葉なのか？」

「無論」

広げた両腕に握った二本の槍が、かすかに震えているのを政宗は見逃さなかった。

「アンタはまだ迷いの森をさまよっているって訳か」

「なに」

幸村の眉間に皺が寄る。

「深い水中から抜け出せてねぇようだな」

「ど、どうしてそれを？」

上田城で刃を交えた時、幸村の心を垣間見た。その時、幸村は深い水の中で震えていたのである。荒ぶる炎のごとき幸村の魂が、冷たい水の中で泣いていた。

「真田幸村」

ゆるりと切っ先を幸村に向ける。甲斐の若虎は微動だにしない。武田の兵士たちがわずかに身構えるのを、佐助が止めた。

「アンタも、ここに立つまで随分悩んだみてぇだな」

「政宗殿」

「オレもアンタと同じだ」

政宗は微笑む。

周囲では東軍西軍双方の威信をかけた死闘が繰り広げられている。その中で、伊達と武田が静かに膠着《こうちゃく》する様は、異様な光景であった。

政宗としてもこのまま留まっている訳にはいかないのである。こうしている間にも、家康は立ちはだかる敵を打ち砕きながら、三成へと向かって突き進んでいるはずだ。

獲物を家康に渡すわけにはいかなかった。

それでも……。

幸村と戦うつもりはなかった。

「オレもアンタも悩みを抱え、その答えを見つけるために、この場に立っている。違うか？」

「そ、それは……」

思い惑う幸村に、政宗は続ける。

「アンタの求める答えを持っている奴は、オレか？」

幸村の大きな瞳が政宗を捉えた。

「虎の遺志を受け継いだのはオレじゃねぇ」

家康だ。

信玄に最後の相手に選ばれ、虎の魂を継承したのは、あの太陽なのだ。そして、幸村が求める答えは、家康が持っている。

「アンタが家康を求めるように、オレは石田を求めている」

「政宗殿。し、しかし」

「いつまでもうだうだ言ってんじゃねぇ！」

怒りが口から溢れだした。

「そうやってアンタが思い悩む姿を見て、甲斐の虎はなんと言うかね？」

「お館様」

幸村の声が震える。

「家康には絆という理想がある。そして石田には復讐という妄念がある」

ちらりと政宗は小十郎を見た。

「たしかに何者にも曲げられねぇ思いを持った奴等は強ぇ。だがな、オレたちには、奴等が持たねぇもんがある」

「奴等が持っていないもの？」

「こいつぁ、うちの小十郎の受け売りだがな」

そう前置きして政宗は切り出した。

「迷いだ」

「迷い？」

「そうだ。迷うからこそ人は強くなろうとする。みずからの欠点を見出し、思い悩むことで以前の己を乗り越えることができる。そいつはなにものにも代えられねぇ強さだとよ」

政宗の肩越しに、幸村が小十郎へと視線を投げた。

「だからオレは進んだ。ぐだぐだ迷い、立ち止まっているくれぇなら、悩みを抱えたまま戦うことを選んだ。そうして、オレは今この場に立っている」

幸村の瞳にわずかに炎が灯るのを、政宗は見逃さなかった。

「お互い、求める答えに向かって刀を振ろうじゃねぇか。オレの答えがアンタじゃないように、アンタの答えもオレじゃねぇ」

「その通りにござる」

深くうなずいた幸村の全身に闘気がみなぎってゆく。

「答えの無ぇ戦いに、オレは刃を振るうつもりはねぇ。なぜなら……」

刀で天を突く。

「オレの答えはアンタの後ろに待っている」

両手の槍を地面に突き刺し、幸村が己の頬をばちばちと叩いた。

「敵軍の将に説教されるとは。この幸村。まだまだ未熟なり」

「それで良いんじゃねぇか。出来あがっちまった人間には、滅びしか待っていねぇ」

「政宗殿は良き家臣を持っておられる」

幸村の背後から、オイオイと突っ込む佐助の声が飛ぶ。

「貴殿の申すこと、尤もでござる。ここで我等が戦えば、無事では済みますまい」

「あぁ。オレもできるだけ万全の態勢で石田に臨みてぇからな」

政宗と幸村が微笑みを交わす。

その時。

「政宗くぅぅぅん」

両軍を割るように、青磁色の軍勢が乱入してきた。

先頭を駆けていた男が、馬上から転がるように政宗と幸村の間に立った。

「ここは我輩に任せなさい」

土埃を叩《はた》きながら髭面の優男が、政宗に向かって告げる。その背後に立つ幸村が、なにが起こったのか解らぬといった様子で、首を傾げている。

「この羽州の狐、最上義光。苦戦する政宗君の救援に駆け付けたよっ」

褒めてくれといわんばかりに、髭をつんとつっぱらかして、義光が吠える。

政宗は、うんざり顔で後方に控える小十郎を見た。小十郎は眉間を親指と人差し指で摘みながら、うつむいたまま動かない。

義光は、政宗へと向けていた身体をくるりと幸村に向けると、手に持っていた細身の刀を、きりりと胸元に寄せた。

「やぁやぁ、君が武田の若虎かい。名前は確か……。えぇと……」

首を振り振り思いだす素振り。

「そうだ。猿田君だったね」

幸村がつまずく。

「君の相手は我輩だよ猿田君」

切っ先をゆらゆらと漂わせて踊る義光の向こうで、幸村が政宗を見ていた。

無言で頭を左右に振って応える。

「さぁ政宗君。ここは我輩に任せて、貴公は早く行きたまえ」

家康とはまた違った意味で眩しい笑みを満面に貼りつかせ、義光が言う。

「貴公には猿田君の相手は荷が重いだろう。ささ、遠慮は無用だ」

くるくるとその場を回っていた義光が、ぴたっと足を止め、幸村と正対した。

「さぁっ、我輩に会ったのが貴公の最大の不運だよ猿田君っ」

ふたたび幸村が政宗をうかがう。

政宗はうなずきを返した。

「いざ尋常に……」

高慢な言葉を遮るように、幸村が手にもった槍を振るった。

政宗の眼前に立っていたはずの義光が消えていた。

「あれぇぇぇぇぇっ！」

抜けるような青空に、小さくなってゆく義光の刃が煌《きら》めく。

「探題様ぁぁぁぁっ！」

宙を舞う義光を追うように、最上の軍勢が伊達武田両軍の狭間を一目散に駆けてゆく。

「な、なんだったんだ今のは？」

「さぁな」

溜息混じりに政宗が答える。

「まぁ、あれがなんだったにしろ、ここが有象無象がはびこる戦場だってことには変わりはねぇ」

「たしかに」

幸村がゆっくりと歩を進め、政宗へと近づく。両軍の兵士が惑うことなく、その姿を見守る。

「政宗殿」

幸村が槍を政宗に向けた。

政宗の刀が優しく触れる。

「思い悩んだ末に答えを見出したならば、もう一度戦ってくださらぬか」

「Of course」

幸村が踵を返す。

「これより我等は徳川殿を目指す」

雄々しい声が上がる。

「それでは政宗殿」

「死ぬなよ」

「お互いに」

味方へむかって歩む若虎の背中に、それまでの迷いはなかった。

＊

激闘は続く。

刃の雨を潜り抜け、政宗はひた走る。

三成の姿はまだ見えない。

大一大万大吉の旗印を探すが、どこにも見当たらなかった。広大な戦場を三成を求めてさまよう。

三成は西軍の総大将である。

恐らく敵陣の最奥にいるはずだ。

三成は家康のような、勇猛な男ではない。どちらかというと才智に長《た》けた武将である。みずから戦場に降り立ち、刀を振るうとは思えなかった。

政宗はすでに敵中深くに入り込んでいる。味方の軍勢は遥か後方で戦っている。前線などお構いなしの突貫であった。

端から味方などに関心はない。

三成以外の敵にも興味はない。

東軍が勝とうが、西軍が勝とうが知ったことではなかった。

三成を倒す。

ただそれだけが、政宗の全てであった。

普段は冷静な小十郎も、今日だけは政宗の突出をいさめはしない。

敵陣深く侵入したことで、敵の猛攻は激しさを増している。それでも家臣たちは、臆することなく勇猛果敢に戦いつづけていた。

皆が政宗に賭けている。

それが政宗自身にも痛いほどにわかった。

伊達家の全ての者が、政宗のRevengeを望んでいる。

ひたすらに刃を振るう政宗の視界に、軍幕《ぐんばく》に覆われた陣所が飛びこんできた。

旗もなく、白色の幕に覆われた陣所には、不穏な空気が漂っていた。

「小十郎」

声を吐いた時にはすでに小十郎の目は、政宗同様、眼前の陣所に向けられている。

「石田か？」

「わかりませせぬ」

旗印がない。

この戦場を司《つかさど》る本陣ならば、派手なくらいに旗印をたなびかせていなければならないはずだ。

あまりにも怪しすぎる。

怪しすぎるが、このまま素通りする訳にも行かない。

「行くぞ」

政宗の足が陣所に向く。

「ご油断めされませぬよう」

「Ha!　今のオレは止まらねぇぜ。小十郎」

告げるより先に、政宗は陣所に向かって走った。

十六

「五月蠅《うるさ》き羽虫め、場を弁《わきま》えぬか」

黒く染まった眼《まなこ》の中の白く濁った瞳が、政宗を射た。

突き破るように乱入した陣幕の向こうにあったのは、三成ではなく、大谷吉継の不吉な姿であった。

関ヶ原、西軍の奥深くに設《しつら》えられた陣所の中で、己が身を隠すように控えていた吉継は、政宗の突然の乱入にも、別段心を乱した様子はなく、いたって平静な声色で、語りはじめた。

「斯様《かよう》な所でなにをしておる？　凶王三成の催す宴。主賓はぬしではない。早々に引き返し、戦火の中で朽ちるがよい」

布に覆われた口から漏れる声は、くぐもった響きを保ったまま、政宗の耳に触れる。

禍々しい災厄を祓《はら》うように、政宗は一層声を荒らげて叫んだ。

「野暮を承知の乱入だ。オレの目当ては、アンタじゃねぇ。このまま通してもらうぜ」

「うむ。無粋な羽虫ほど、身の程を知らぬもの。己が分を弁えず天を目指せば、地獄の業火に身を焼かれ、死ぬることになるぞ」

吉継の細い両腕が、ゆらゆらと虚空をたゆたう。布に覆われた腕が空を揺らす度に、宙に舞う八つの青い玉が、妖しく蠢く。

「哀れな羽虫よ。ここで朽ちるを欲するか」

「Ha! そいつぁ勘弁だ」

「ならば、引き返すが良い」

「それも御免だ」

赤い面頬《めんぽお》の隙間から見える吉継の黒ずんだ瞼が、ぴくぴく痙攣する。

「下賤《げせん》なる者の、なんと浅ましきことよ。死ぬのは嫌じゃ。返すもならぬ。それでは頑是《がんぜ》なき童の戯言」

これ見よがしに地面を蹴りながら、政宗が力強く吉継にむかって踏み出した。

「アンタのその人を見下したような戯言に、つき合ってる暇はねぇんだ。能書き垂れてるくれぇなら、さっさとそこを退《ど》きやがれ」

「調子に乗るなよ。独眼竜」

「オレぁ、羽虫じゃなかったのかよ」

吉継の瞼の震えが、一段と激しさを増す。

「懐刀のアンタが、ここに陣取っているってことは……」

竜の左目が鋭く輝く。

「石田はこの陣所の向こうに居るんだな」

「それを知ってどうする？　ぬしはここで死ぬる宿命《さだめ》」

吉継を乗せた輿が、天高く舞った。

「待ちやがれっ」

政宗が地を蹴ろうと、足に力を込めた。が、思うように力が入らない。頭の中では吉継を追って天高く跳躍したつもりだったが、実際には小さな溝を越える程度に跳ねただけだった。

「な、なにかしやがったな」

「ヒヒヒヒ」

卑劣な笑い声を上げて、吉継が降りて来た。

「われが策もなくこのような場所に陣取っておると思うたか？　ヒヒヒヒ。哀れ……。哀れよのう」

濁った吉継の目が、弓形に歪んだ。

「テ、テメェ……」

刀を構えようとするが、腕が思うように上がらない。

重い……。

吉継が天に舞い上がってからというもの、全身が異常に重かった。それは小十郎や家臣たちも同様であるらしく、皆一様に苦悶の表情を浮かべ、身体を動かそうと必死である。

「この陣幕の内では、羽虫は意のままに蠢くこと罷《まか》りならん。逃げることも出来ぬ。われが駆除しつくすまで、大人しゅうしておることじゃ」

愉悦に打ち震える吉継の手がゆるりと動く、それを合図に、八つの玉が政宗に向かって飛んだ。

「くっ」

凄まじい速度で飛来する八つの青い玉。

鉛のように重くなった身体では、思うように避けることができない。

一つ目の玉が政宗の腹を直撃した。

跳ね飛ぶ。

宙に舞う政宗を、次々と玉が襲う。

無抵抗なまま、たてつづけに攻撃を喰らい、真っ逆さまに地面に直撃する。

全身を激痛が襲う。

必死に立ち上がろうとするが、重い身体はなかなか持ちあがらない。

「どうした？　先刻までの勢いはどこへ行った？」

嘲笑うように口にする吉継の輿が、倒れたままの政宗へと近づいてゆく。

「さぁ、その頭蓋を打ち破りて紅き華を咲かせようぞ」

吉継がゆるりと右腕を上げた。一個の玉がそれに続く。

「ふんっ」

白い布に覆われた腕が、勢いよく振り下ろされた。それに呼応するように、青く輝く玉が、未だ立ち上がれぬ政宗の顔面に向かって飛んだ。

「Shit!」

なんとかして避けようと、政宗が顔を反らす。が、完全に避けきるほどの動きはできない。

駄目だ。

このままでは頭を潰されてしまう。

「ぬおおおおぉぉぉぉぉっ!」

小十郎が叫ぶ。

政宗を覆う大きな温《ぬく》もり。

直後。

「ぐほっ」

苦悶の声が、政宗の耳元に降り注ぐ。

「こ、小十郎」

顔を上げた政宗の視界の内で、口から鮮血を溢れさせた小十郎が呻いていた。

「ご無事でございますか政宗様」

激痛に耐え小十郎は、にこやかに問いかける。政宗をかばった小十郎は、吉継の放った玉を背中に受けていた。

「ほう。この陣内で、斯様に動ける者は初めて見たぞ」

恐らく全身全霊を込めた跳躍だったのであろう。政宗の上で苦しむ小十郎は、すでに吉継の術中に嵌《はま》っている。

「まぁ良い。そうして折り重なっておれば、手間も省ける」

かばう小十郎の肩越しに、妖魔と化した吉継が見える。その背後で回る八つの玉が、一層輝きを増していた。

「三成と相見《あいまみ》えること叶うは唯一人」

吉継が右腕を振り下ろす。

「ぐはっ」

小十郎の顔が苦痛に歪む。

「凶王と相克にして、もう一方の極」

今度は左腕が下ろされる。その時にはすでに右腕は高々と振り上げられていた。

小十郎がまたも叫ぶ。

「彼《か》の者は徳川家康」

右腕。

小十郎が呻く。

「ぬしらごときが」

左腕。

もはや小十郎に声を上げる気力はない。

「見えるなど、不遜《ふそん》にもほどがあるわっ」

吉継が両腕を同時に振り下ろした。と、それまで一個ずつであった玉が、八つ同時に小十郎めがけて降り注いだ。

「……っ！」

白目を剝いた小十郎が、一度身体をぴくりと跳ねさせ、気を失った。

「しっかりしろ小十郎っ！」

政宗は必死に叫びながら、小十郎の身体を揺さぶる。しかし、答えは返ってこない。

「最期まで主を守って逝《い》ったか。それに値する主であるのやら。ヒヒッ」

嘲るような吉継の笑み。汚らわしい響きに呼応するように、八つの玉が小十郎を押し退ける。

「どうだ、忠義の臣に守られた気分は？」

「腐れ外道《げどう》が」

押しつぶされそうなほどに重い胸から、呻くように政宗は言葉を吐き出した。

「ヒヒヒヒ。忠臣が命懸けで守った甲斐もなく。抵抗することもできずに敗れさってゆくぬしの顔……」

突き上げられた吉継の右腕を起点にして、八つの玉がくるくると回る。

「存分に観賞してやろう」
布に覆われた口が笑みに歪む。
政宗の視界の端で何かが光った。
流れ星？
いや違う。
空に輝くそれは、段々と政宗たちの方へむかって近付いてくる。
黒い。
なんだあれは？
背後に飛来する物体に、吉継は気づいていない。
「死ね、独眼竜」
白く濁った瞳が、妖しい光を放つ。
その時。
政宗は接近する物体の正体をはっきりと見た。
鍋だ……。
人が乗れるほどの大きな鍋が、天から落ちてきた。
何故だと問う間もなく、黒く輝く巨大な鍋は、唐突に吉継の後頭部を直撃した。
「ぬふっぬっ！」

奇妙な声を発し、吉継が前のめりになった。宙に舞う輿が、制御を失いゆらゆらと揺れている。

天から飛来した鍋は、吉継の頭を直撃すると、そのまま政宗の傍に落下した。

政宗にとって、それは神の助けであった。

あまりにも突然の不意打ちに、吉継が我を失っている間に、それまで重かった身体が解き放たれるように、自由を取り戻したのである。

すかさず立ち上がる政宗。

それと同時に、頭を振りながらも吉継が、なんとか我を取り戻した。

「ぬぬぬぬぬっ」

苦しそうに呻く吉継を捉えた政宗の視界の端で、信じられぬことが起こった。

鍋が立ったのだ。

驚きを隠すことなく、政宗は鍋へと視線をやった。

鍋から足が生えている。

「いたたたたた」

鍋が喋った。

顔が飛び出す。

兜をかぶっている。

前立てが、まるでかぶと虫の角のようだ。

「き、金吾《きんご》貴様ぁぁぁ……」

鍋人間を睨みつけながら、吉継が呻いた。

「わわわわ。刑部さん」

おろおろと鍋がその場で足踏みしている。くるりと鍋が回転し、鍋の中に嵌っている小さな青年が、政宗の方を見た。くりくりしたつぶらな瞳は、すがるように政宗へと向いている。ふっくらとした頬は、精悍《せいかん》さからは程遠い柔らかみを湛えていた。微細に震える全身で、か弱さを表している。

「き、きみは？」

頼りなく問う青年に、政宗は答える。

「伊達政宗」

「そうか。きみが独眼竜……。ぼ、ぼくは小早川秀秋。戦国美食会に名を連ねるほどの男だ。よろしくね」

この場において緊張感のまったくない笑みを浮かべる小早川を、吉継の怨嗟《えんさ》に満ち満ちた声が叩く。

「どういうつもりだ金吾」

あわわわっ、と頼りない声を上げながら、小早川は吉継を見た。

「東軍と戦っているはずのぬしが、どうして斯様な場所におる？」

「ぼ、ぼ、ぼ、ぼくは……」

うつむいたままもじもじしている、小早川の背中を（といっても鍋の底だが……）政宗が叩いた。

「とにかくアンタのお陰で助かったぜ」

顔を上げた小早川の目に涙が溜まっている。

「言いたいことがあるのならはっきり申せ。金吾ぉ」

脅しつけるような吉継の声に、怯えが頂点に達した小早川は、政宗の足にしがみついた。そして、そのままの体勢で、震える声を吐く。

「ぼくは家康さんに味方することにしたんだ」

「なんだとぉ？」

「そ、それを言いに家康さんの所に行ったら……。家康さん、真っ赤な人と戦ってて」

恐らく真田だ。

「敵と勘違いされちゃって、なんだか鉄のお化けみたいな人に、大砲で飛ばされちゃったんだ」

忠勝だ。

「それでここに飛んできたって訳か？」

政宗の問いに、小早川がこくりとうなずいた。

「と、と、と、とにかく。ぼくは家康さんの味方だ。もう、きみたちとは一緒に戦わないから。そ、そ、そ、そのつもりで」

「もう一度言うてみろ」

「え？」

「われの目を見て、もう一度はっきりと言うてみよ。金吾ぉぉぉぉぉっ」

「ひやぁっ」

政宗の腰に飛び付いたまま、小早川が震える。その頭に優しく触れた。

「大丈夫だ、オレが付いている。アンタの決意、しっかりと聞かせてやるんだ」

「う、うん」

素直にうなずくと、ごくりと喉を鳴らして小早川が口を開いた。

「い、いじめられた人間はね、その事をずっと覚えているんだよ！　三成くんやきみは、都合の良い時だけぼくを利用して、要らなくなったら捨てるつもりだろ？　家康さんはそんなことはしないっ！」

「金吾ぉ。貴様、裏切りに対する三成の怒りを知らぬ訳ではなかろう？　その上で、申しておるのだな。え？」

「そ、それは」

口籠る小早川を、政宗が背後へと押し退けた。

「なんにしろ、アンタのお陰で奇妙な術が解けた。ありがとよ小早川」

「え？」

背後に小早川の声を聞く。

怒りに震える吉継を牽制しつつ、政宗は続ける。

「アンタはオレの命の恩人だ。アンタのことはオレが絶対守る。だから安心しろ」

「ま、政宗さん」

「こいつを始末するまで、そこで大人しく見てな。アンタの悪夢を取り払ってやるよ」

「うん」

わずかに明るさを取り戻した小早川の声を耳に、政宗は吉継に向かって一歩踏み出した。

「随分と舐めた真似をしてくれたじゃねぇか。もうアンタには、そこを退いてくれなんざ言わねぇぜ」

にぎったままの刀を、しっかりと構える。そして、全身に殺気を込めると、吉継に向かって言う。

「アンタはここで死ぬんだ。Are you OK?」

「くぬぬぬ。術が解けた程度で、われと同等になったつもりか羽虫めが」

「おいおい、アンタ声が震えているぜ」

「ぬっ！　くくっ……」

口籠る吉継。

間合いを詰める政宗。

両者を隔てる緊迫した空気を遮るように、何者かが立ちはだかった。

「こ、小十郎……」

意識を失っていたはずの竜の右目が、吉継に相対する。

「ここは、この小十郎めにお任せを」

揺らぐ声に、力がない。意識を取り戻したとはいえ、そう簡単に癒える傷ではない。こうして立っているのもやっとなはずだ。

「ぬ、ぬ、ぬしになにができる?」

深手を負っている小十郎の言葉を、愚弄と受け止めた吉継が、怒りを滲ませ問うた。

小十郎はいたって真剣に、答える。

「貴様はこの俺が倒す」

敢然と立ちはだかる小十郎の背中へと、政宗が歩を進める。

「ここは任せてくれと申したはずっ」

強硬な意志が、政宗を打つ。

「政宗様。あなたの敵は、この男ではないはず」

小十郎が太刀を構える。その両腕に、力はない。

「万全の態勢で石田との勝負に臨んでいただく。それがこの小十郎の使命」

背中から闘気が溢れだす。もはや政宗に、投げかける言葉はなかった。

「今度こそひと思いに殺してやる。その素っ首、われに差し出せ」

吉継が両腕を回しはじめた。宙に浮かぶ八つの玉が妖しく回転する。

「聞け小十郎」

吉継に対する背中は微動だにしない。

「お前は竜の七本目の爪だ。折れんじゃねぇぞ」

政宗の言葉を聞いた小十郎の全身を、蒼い炎が覆っている。

「この世に数多《あまた》ある言葉の中で、これほど心強きお言葉はございません……」

吉継の数珠が速度を増して行く。もはや、一つにつながり後光と化している。

「満身創痍《まんしんそうい》のその身体で、なにが出来ると言うのだ。すぐに終わらせる故、そこで待っていろ独眼竜」

「おい。なにを勘違いしているか知らねぇが、今アンタの前に立っているのは、竜の右目よ。そう簡単に倒せやしねぇぜ」

吉継の全身に殺気が満ちた。

「吐《ぬ》かせっ」

高く掲げた腕を乱暴に振りまわす。と、同時に後光と化した数珠が、荒々しい蛇の姿となって、小十郎へと襲いかかった。

もはや政宗にかける言葉などない。ただ黙って、相棒の戦いを見守る。

蛇が小十郎の顔面を襲う。

「ふっ」

鋭い身のこなしで、避けた小十郎の刀が、蛇の頭を斬った。

粉々に砕けた玉が、地面に散らばる。

「ひとつ」

主の元へと帰ろうとする蛇の中程あたりを、振り上げた刀が寸断する。

「ふたつ」

「ぬぬぬぅぅぅっ」

呻く吉継の手元に帰還したのは六つ。

小十郎はその場に留まったまま動かない。

「死にぞこないが、小癪な真似を」

今度は両腕を小十郎に向かって突き出す。その動きに呼応して、三個ずつに分かれた玉が、それぞれ左右から挟みこむように小十郎を襲う。

上体を思いっきりのけぞらせる竜の右目。頭があったはずの虚空で、左右から飛来した玉が、ぶつかり合った。

ふたつ同時に砕け散ると、後に続いていた四つの玉が、ひるがえりながら吉継の元へ帰る。

のけぞった身体を戻す反動を利用して、小十郎が太刀を振るった。

逃げ遅れた一個が砕ける。

「いつつ」

残った玉は三つ。

電光石火の早業に、吉継が声を失う。

「許さぬ……。許さぬぞ」

「卑劣な策を弄せぬ貴様に、この小十郎は倒せん」

屹然《きつぜん》と言い放つ小十郎に、吉継は完全に気圧されていた。

「ぬぇぇぇぇいっ」

気合もろとも放たれた数珠。が、今度は少し軌道が異なっていた。

小十郎の頭上高く舞い上がった三つの玉は、しばし宙空に留まると、一目散に背後へ飛んだ。

狙いは政宗の後方に控える小早川である。

「ひっ！　ひやぁぁぁっ」

小早川が、鍋を背負ったまま頭を抱える。

政宗はかばいもしない。

「はぁっ」

華麗に跳んだ小十郎が、小早川の面前に着地した。

目にも留まらぬ速さで打ちだされる刀が、三つの玉を立てつづけに斬り伏せる。

「くっ、くぅぅぅ」

呻く吉継に向かって、小十郎が一気に間合いを詰める。

もう吉継を守るものはなにもなかった。

振りだされた刀が吉継の首の寸前で止まる。

「ひっ！」

政宗は黙したまま、小十郎の背中を見つめた。

「ぬ、ぬしごときにわれが殺せようか」

「竜の道を阻む者は容赦せぬ」

「くふふふふ」

吉継の不敵な笑い声が、大気を震わす。すると、地面に散らばっていた数珠の欠片が、ゆっくりと浮き上がった。

「後ろだ、小十郎っ」

政宗の声を聞いた小十郎が、吉継を斬る。

数珠の欠片が、小十郎の背中に吸い込まれる。

「ぐあぬぅっ」

小十郎の背が真っ青に染まった。

輿ごと地面に落下した吉継は、最後の力を振り絞り、天へと掌を掲げた。

「われは逝くのか？ 残して逝くのか……」

それが吉継の最期の言葉であった。

倒れこむ小十郎に向かって政宗が駆ける。腕に欠片が刺さるのも厭わずに、小十郎を抱きかかえた。

「しっかりしろ」

「ま、政宗様」

「し、死ぬなよ」

「は、早く石田の元へ」

虚ろな表情で政宗を見る小十郎がうなずいた。

「解っている。解っているが……」

「この小十郎。あの時の誓いを果たすまでは、決して死にませぬ」

政宗は家臣たちを呼んだ。

激闘を見守っていた家臣たちが、二人の元へ一気に駆け寄ってくる。

「小十郎を頼む」

「解りやした」

熱い視線を投げてくる家臣たちが、力強くうなずいた。

「死ぬなよ小十郎」

「はっ」

ゆるゆると上がった小十郎の手が、政宗を探す。力強く握り返す。

「政宗様」

「あぁ。ここにいる」

「か、必ずや……」

なんどもうなずきながら小十郎の言葉を待つ。

「必ずや、ふたたび天へ……」

そこまで語ると、小十郎は気を失った。

「解っている」

小十郎を家臣に預けると、政宗は小早川を探す。

家臣たちの輪の外で、頼りない顔でこちらの様子をうかがっていた小早川を見つけた。

「小早川っ」

突然呼ばれ、びくりと肩を大きく震わせた小早川が、恐る恐る近付いてくる。

家臣たちの輪から外れ、小早川の前に立つ。

「な、何か用かい？」

怯える声に、穏やかに答える。

「アンタは西軍だったんだろ？」

「うん」

「だったら、西軍の陣容は頭にあるはずだ」

「そ、そうだね。た、多少なら……」

小早川の身長は、政宗の胸のあたりまでしかない。政宗はしゃがんで、目の高さを小早川に合わせる。

「アンタに頼みてぇことがある」

「え？」

怯えることがすっかり身についている小早川の顔が、完全に引きつっている。

恐れをほぐしてやるように、ゆっくりと肩に手を置くと、政宗は頭を下げた。

「オレを石田の元へと案内してほしい」

「み、三成くんの所へかい」

「あぁ」

顔を伏せ、わずかに逡巡《しゅんじゅん》した小早川が、政宗の目を見た。その顔に、決意が滲んでいる。

「刑部さんを倒してくれたきみの頼みだ。わかったよ。三成くんの所へ案内するよ」

「Thank you. 小早川」

小早川の肩から手を離すことなく、政宗は立ち上がって家臣たちを見た。

「こっから先はオレと石田の喧嘩だ。お前たちはここで小十郎を頼む」

「おぉおっ」

「絶対に勝ってくだせぇ筆頭ッ！」

「信じてますぜ頭」

力強い声を浴びながら、政宗は最後の決戦へと歩を進めた。

十七

「ここだよ政宗さんっ」

背中におぶった小早川が叫びながら、政宗の首をぐいっと引っ張った。

関ヶ原、西軍の最奥部である。

小十郎と家臣を吉継の陣所に残し、政宗は小早川をおぶったまま戦場を駆けた。小早川が指し示す方へと刀を振るい、道を開き、辿り着いたのは遥か上の方までつづく石段の袂だった。

関ヶ原の西の端に位置するその場所は、鬱蒼《うっそう》と生い茂った木々に覆われた丘である。ここだけが戦場の喧騒から隔離されたように、ひっそりと静まりかえっていた。政宗は戦場を駆け、血塗れになった刀を一度拭《ぬぐ》ってから鞘に納めた。

「ずいぶんと長い石段だな」

「うん」

肩から顔を突き出した小早川が、おびえた眼で石段の先へと目をやる。

「この先に寺がある。そこが三成くんの陣所になってるはずだ」

「それにしちゃ、随分と静かじゃねぇか」

「そうだね……」

小早川の喉がごくりと鳴った。森閑たる森は、ここが戦場であることさえ忘れてしまいそうなほど、静謐《せいひつ》な気を湛えていた。兵や忍の気配はいっさい感じられない。

本当に石田はここにいるのか？

政宗は鍋を担いだままの小早川を石段の縁に下ろす。

「Thank you」

「え？」

「ここまで来りゃあ後は一人で十分だ」

「で、でも」

きょろきょろと小早川が辺りをうかがう。

無理もない。

西軍を裏切った小早川にとって、ここは敵陣のど真ん中なのである。三成と対面することよりも、一人取り残されることのほうが恐ろしいと、怯えた顔が物語っていた。

「一緒に来ても良いが……」

政宗は小早川を見つめる。

「邪魔はするなよ」

「と、当然だよ」

「OK」

石段の先へと視線をやる。
「後から来い」
「ま、政宗さん？」
小早川が呆けた声で問うた時には、すでに政宗は石段を駆けていた。
この先に三成がいる。
そう考えると、魂の昂りを抑えられなかった。
気付いた時には駆けていた。
やっと。
やっと待ち続けていた瞬間が訪れた。
もう一時たりとて待てはしない。
石段がやけに長く感じられた。
上っても上っても三成の姿は見えない。
ようやく山門が現れた。
あれを潜れば、奴がいる。
「うおおぉぉぉぉっ！」
自然と口から雄叫びが溢れだした。
雷《いかずち》が全身からほとばしる。

山門が近づく。

あと少しだ。

潜った。


「ん？　貴様は……」


三成の声が政宗の足を止める。

山門を潜った古びた寺の境内の真ん中に、石田三成が立っていた。

相も変わらぬ酷薄な目つきが、政宗を射る。

その瞬間、政宗は己がようやく辿り着いたことを実感した。

三成の他に境内には誰もいない。

大一大万大吉の旗も、見受けられなかった。

「久しぶりだな石田三成」

「貴様はたしか……」

「初めは小田原。二回目は上田城で。そして今日で三回目だ」

「あぁ……」

なにやら思い出したような素振りで、三成がつぶやいた。政宗の方へと向けられた三成の視線。冷酷な瞳はたしかに政宗を捉えてはいるが、その実、政宗を見てはいない。

政宗を通り過ぎた視線は、遥か遠くを見つめているようだった。

「悪かったな待ち人じゃなくて」

「ふっ」

鼻で笑う三成が目を伏せる。政宗の到来など、一向に気にしてないという風情であった。強がりでもハッタリでもない。本当に三成は政宗など眼中にないといった様子である。それは、政宗自身が一番理解していた。

「小田原で負けた借りを返しにきたぜ」

「貴様もずいぶんしつこい男だな」

告げるとそのまま三成は、政宗に背を向けた。

貴様などに斬られはせぬと、涼やかな背中が語っている。

「生憎だが私は人を待っている。貴様に構ってやれるほど暇ではないのだ」

「家康だろ？」

振り返った三成の目が、肩越しに政宗を見た。

「私の前でその名を呼ぶな」

「秀吉を殺された復讐……。それがアンタがこの戦を始めた理由なんだろ？」

「貴様の知ったことではない」

三成の声がわずかに震えている。

構わず政宗は語る。

「アンタに理由があるように、オレにもこの戦いに臨む理由がある」

素早く刀を抜き、切っ先を三成に向けた。

「それがアンタだ。石田三成。アンタへのRevengeを果たし、オレはふたたび天を目指す」

「天を目指す？」

政宗を射る視線に鋭い針のような殺気が宿る。

「天を目指したければ、勝手にいたせ。私を貴様の都合に巻き込むな」

「勝手なことばかり言ってんじゃねぇよ」

「なに？」

三成の目が血走っている。

「自分勝手な復讐のために、日の本の連中を巻き込んでんのはどこのどいつだ」

隻眼がかっと見開き、三成の視線と真っ向からぶつかった。

「アンタだろ」

「能書きだけは一人前のようだな」

背を向けていた三成が、ゆるりと振り返って政宗と相対した。

「能書き？　Ha!　そいつはアンタの専売特許じゃねぇのかい」

「ふんっ」

刀をつかむ三成の手に力がこもっている。

改めて三成と正対した政宗の心の中に、これまで感じたことのない感情が押し寄せて来た。

「オレは、これまで幾度となく強敵と刃を交えてきた」

「誇らしげに武勇を語る者ほど、取るに足らぬ腕しか持たぬもの」

「確かにそうかも知れねぇな」

自嘲気味に政宗は微笑む。

「強者と戦う度に、奴等が背負うものの大きさを肌で感じて来た。そして、目指すべきものがなんなのかを、この目で確かめてきたつもりだ」

甲斐の虎、武田信玄や軍神、上杉謙信。そして、魔王信長に覇王秀吉。

幾多の強敵と戦い、彼等の背負うものを、巨大さを感じることで、政宗はみずからを高めてきた。

天を目指す者たちの後ろ姿が、竜を掻きたててきたのである。

「だがな……」

無感動なままの三成を、熱い瞳で射る。

「今のアンタからは、なにも感じねぇんだ」

「なにが言いたい」

苛立ちを露わに三成が問うた。

「哀れだな石田三成」

三成の整った眉が、ぴくりと吊りあがった。

「そんなに虚ろな魂で、アンタはなにを求める?」

「貴様に語ることなどなにもない」

復讐という妄念にかられた三成の魂からは、なにも伝わってこない。

小田原での敗北……。

三成に敗れ、政宗は天へと昇る蒼雷の標を見失った。

その訳が解った気がした。

三成には天は見えていない。あの時もそうだったのだ。秀吉に仕えることで、覇王の命に忠実に従うことで、三成は己を保っていた。

元から三成は虚ろなのだ。

虚ろな魂に敗れたことで、政宗は行くべき道を失った。三成の魂の闇が、竜の光を奪ったのである。

「オレは迷っていた」

「……」

「アンタを倒し、それでもう一度天へ昇る力が甦ってくるのか? 本当に、それで正しいのか。

正直解らなかった」

「世迷言《よまいごと》なら他所《よそ》で語れ」

構わず続ける。

「が、オレは間違ってなかったようだ」

刀を両手で握り締め、ゆっくりと構える。

「アンタを倒し、オレは、オレの心を覆う闇を取り払う。そして再び……」

全身に気を満たし、一気に解放する。

「竜は天に昇る」

無数の蒼い雷が、境内を襲う。その一つが三成を直撃しようとしたが、凶王は平然と体をさばいて、それをかわしてみせた。

「貴様の空言にも飽いた。今度は生きて帰さぬ」

「刃を交えもしねぇで、能書き垂れてんじゃねぇ」

三成が深く腰を落とし、左手にもった刀の柄に、右手を添えた。

「二度とその嘴《くちばし》を開けぬようにしてやる」

構える政宗の全身を雷光が駆け巡る。

「あとで吠え面掻くんじゃねぇぞ」

紫色の粘ついた闘気が、三成を覆う。その目には、見たこともない凄まじい殺気が、紫の炎となって渦巻いていた。

「負け犬が……。大人しく尻尾を巻いたまま、奥州の山中で遠吠えしておれば良かったものを」

「秀吉の犬がキャンキャン吠えるんじゃねぇ。みっともねぇぜ」

三成を覆う闘気が、今の政宗の一言で大きく膨れ上がった。

「秀吉様の名を負け犬風情が軽々しく口にするなぁぁぁぁっ！」

三成が消えた。

とっさに刀を構え、防御の姿勢を取る。

衝撃とともに、政宗の身体が後方へと跳ね飛んだ。

先刻まで政宗が立っていた場所に、三成が立っている。鞘には刀が納まったままだ。

「Huh……。衰えちゃいねぇみてぇだな」

体勢を整えつつ、政宗は語る。

居合い。

小田原でもそうだったが、三成の刃は見えない。

殺意の叫びを聞いた刹那、考える間もなく防御したお陰で、直撃を免れたが、やはり凄まじいまでの剣速で繰り出される三成の一撃は、目では捉えられなかった。

政宗の言葉を聞くこともなく、三成が迫る。

紫色の閃光が、政宗を襲う。

「ちぃっ！」

乱暴に刃を振るうと、虚空で衝撃の火花がほとばしった。

柄に触れた三成の右手は、動いたようには見えない。

このままでは小田原の二の舞である。なんの打開策も見つからぬまま、三成の乱撃に翻弄される、みるみるうちに体力を削《そ》がれてゆくだけだ。

なんとかしなければ……。

「くそったれがぁっ！」

政宗は一度鞘に刀を納め、両手を左右の柄に伸ばす。

そのまま六本を一気に引き抜いた。

六爪にも、三成は表情ひとつ崩さない。

怒りと殺気を総身にまとい、政宗に襲い掛かる。

「そんなに冥府に逝きたければ、望みどおり斬滅してやるっ！　そこに……」

狂気を浮かべる瞳が、政宗を射る。

「そこに直れぇぇえっ」

これまでよりも強烈な一撃。

六本の爪で受けるが、身体がおおきくのけぞる。

六爪でなければ、刀ごと砕かれていたところだ。

凶王の刃はすでに鞘の中。
しかし。
のけぞった無防備な頭部を、またも閃光が襲う。
金色の弦月の前立てに凄まじい一撃を喰らい、兜が飛んだ。
「Shit!」
息を吐く間もない。
三成はいまだ間合いの内。
攻撃の手が休むことはない。
眼前でほとばしる紫の閃《ひらめ》きに、刃を合わせることだけで精一杯である。
「逃げるな素直に斬られろ」
冷淡な三成の声が、露わになった政宗の顔を撫でる。
無数の閃光だけが、残像となって政宗の隻眼の瞳に焼き付いてゆく。
的確に甲冑の隙間だけを狙う三成。
鋭い痛みが、全身を駆け巡る。
馬鹿な……。
こんなはずはない。
政宗は自問自答する。

三成に敗れ、竜は地に堕ちた。

こうして再び相見えるまでに、潜ってきた修羅場は、確実に政宗を変えている。

南部晴政との戦では魔王信長の幻影と戦い、みずからの心を見つめ直した。

最上義光と刃を交えた時は、己の中に巣食う怒りを目の当たりにした。

そして、好敵手、真田幸村との激闘では、互いの迷う心を通い合わせることで、ふたたび立ち上がる勇気を得た。

東軍総大将、徳川家康との再会では、淀みなき心に触れることで、懊悩する心に蒼い雷を呼び覚まされた。

過去の己はもういない。

今三成の前に立つ竜は、敗北を抱え、動けなくなったあの頃の政宗ではないはずなのだ。

なのに……。

小田原の時となんら変わらず、一方的に押される展開が続く。これではなんのためにふたたび立ったのかさえ解らないではないか。

「貴様の下らぬ心ごと、砕いてやる」

政宗の心中を見透かしたように、三成が語る。冷たい声が耳に届くと同時に、必死に防御の姿勢を取る竜の六本の爪が、いとも簡単に弾かれた。

「斬滅」

閃光が煌めく。

突きが来る。

見えた訳ではない。

聞こえたのだ。

三成の心の声が聞こえた気がした。

喉仏を突きに来る。

そんな気がした。

心の赴くままに、政宗は右腕につかんだ三本の爪で喉元を払う。

「なっ」

二人の間を火花が駆ける。と、その瞬間、それまで目にも留まらぬ速さで跳ねまわっていた三成が、政宗の眼前で動きを止めた。その手には、一度として見たことがなかった、三成の刀が握られている。

三成は驚きを満面に浮かべた。

一瞬、なにが起こったのか解らぬまま、政宗は無防備に刀を晒している三成の顔面めがけて、竜の爪を振り下ろした。

「ぬぅぅぅっ」

後方に跳ね、三成がそれをかわす。

なにが起こった？

混乱する頭で、政宗が思考を巡らす。

散々に打ちすえられ、止めを刺されようとしていた時である。

ふと三成の考えが頭蓋を透かし、政宗に届いたような気がした。

喉を突きに来る。

そう思った瞬間、とっさに刀を払った。

恐らくその時、三成にとって予想外の動きを政宗がしたのだ。

渾身の力で突きを放った三成は、政宗の忘我の斬撃で、刀を払われ、鞘に納めることすらできぬまま、無防備な姿を晒すことになったのであろう。

「野良犬めが。どこまでもしぶとい……」

苛立ちを露わに、三成が呻く。

動揺を隠したまま、政宗は傷ついた身体に鞭打ち、凶王の前に敢然と立ちふさがった。

「オレがしぶとい訳じゃねぇ。どれだけ打っても仕留められねぇ、アンタが弱ぇんだ」

挑発。

三成の心を揺さぶる。

どんなことをしてでも勝つ。

三成を越えなければ、政宗は前には進めない。

「ふっ」

怒りに我を忘れそうになっていた三成が、小さく笑う。冷静さを取り戻そうという凶王の心中が、透けて見える。

「一度のまぐれに、動揺するほど愚かではない。貴様も、その程度で大口を叩くのは止《よ》したほうがいい」

「ぐだぐだ言ってねぇで、早くかかって来いよ」

氷のような三成の視線が、政宗を抉る。

「ここまで私を愚弄したのは貴様が初めてだ」

剝き出しの刀を、三成が鞘に納める。そしてそのまま鞘の先端で、政宗を指す。

「足掻きに足掻いて見せろ。疲れ果てたその時こそが、貴様の最期だ」

「秀吉の亡霊に憑《つ》かれたアンタに、オレは殺れねぇ」

「何度言えば解るっ。貴様ごときが、秀吉様の名を気安く呼ぶなぁっ！」

三成が地を蹴った。

政宗は呼応するように間合いを詰める。

閃光。

政宗の頰に縦に一本、細い傷が走る。

しかし竜は止まらない。

頬を斬り、三成の刀が瞬時に鞘へと舞い戻った。
その機を逃さない。
刀を持たぬ三成めがけ、三本の爪で斬りつける。
「ふっ」
凶王の笑み。
鞘が爪を受ける。
それを待っていた。
もう一方の手にある三本で、三成の顔を斬る。
「くうっ」
鞘を押して、政宗を撥ねのける三成の額に、赤い筋が走る。
初めて三成を斬った。
押し退けられても政宗は止まらない。
今度は六つの爪で、叩っ斬る。
「愚物めがぁぁぁっ！」
吐き出すような三成の叫び。
凶王を覆っていた紫の闘気が、急激に膨らむ。
その間にも、政宗の繰り出した竜の爪が、三成めがけて飛来する。

捉えた。

そう思った瞬間である。

政宗の身体が暴風で押された。

「退《ど》け、去《い》ね、去れ、退《しざ》れ、散れ、消えろ！」

熱気を孕んだ生臭い風。それが三成の抜刀によって生み出されたものだと知った時には、政宗の鉄《くろがね》の鎧に横一文字の亀裂が走っていた。

鮮血が漆黒の裂け目から噴き出す。

「ちぃっ」

激痛に耐えつつ、三成を見つめる。

それまでずっと鞘の中にあった刀を抜き放った三成は、総身から闘気を噴き出したまま、凄まじい殺気を漲らせていた。

「なぜだ？」

額から血を流しながら、三成が問う。

「なぜ貴様等は、そうまでして戦おうとする」

六本の刃を構えたまま、政宗は三成をにらみつづける。

鼓動が脈打つ度に、胸の傷が痛む。

「天を目指す？　絆の力を信じる？　夢？　希望？」

ふんっ、と三成が吐き捨てるように鼻で笑う。

「下らん。実に下らん。幻影を追い求めてなんになる？」

「アンタだって秀吉の幻を追いかけてんじゃねぇか」

「否っ」

抜き身の刃をぬらぬらと揺らしながら、三成がゆっくりと間合いを詰めてくる。

政宗はその場に立ち止まったまま、凶王の吐く言葉を浴びた。

「私を貴様等のような下賤な者と一緒にするな」

「だったらなんでアンタは戦う？」

「決まっている。家康を殺すためだ」

「家康を殺した後は、どうするつもりだ？」

「知るか。奴が死んだ後の世界に、なんの興味もない」

淡々と語る三成の言葉を聞く度に、心中で怒りの炎が燃え盛ってゆく。

「家康への復讐。アンタはそんなもんのためだけに、これだけの人間を翻弄したってわけか」

「そんなものだと？　貴様に私のなにがわかる？　秀吉様を奪われた私の悲しみを、貴様のような下賤な輩が思い知るなど、百年早いわ」

怒り。

今の政宗を支配しているのは、怒りであった。

あまりにも自己本位な三成の主張は、どんなに思いやってみても、納得できるものではない。

こんな男の個人的な都合が、数多の男たちの人生を翻弄していると思うと、反吐《へど》が出る思いであった。

怒りが声を震わせる。

「虚ろな魂を抱えたアンタを哀れだと思っていたが、そんな気持ちも失せちまったぜ」

「哀れだと？」

三成の目尻が痙攣している。

「OK, こっから先は、面倒臭ぇことは考えねぇ。志も絆も夢も、アンタにゃあ理解できねぇ代《しろ》物《もの》だ。だったら、こっちもお構い無しで行かせてもらうぜ」

怒りで振りだす拳に与える名はひとつしかない。

「こっから先は、アンタとオレの喧嘩だ」

「ふんっ。呼び名などなんでも良い。貴様を殺す。それだけだ」

「OK, それで良い」

政宗は怒りに身を任せ、その狂おしいまでの業火に焼かれるように、刃を振るった。

＊

解放。

全てから解き放たれた政宗の刃は、鮮烈なまでの激しさで、三成を襲った。

それまで防戦一方だった男の凄まじい反撃に、凶王はじりじりと押されてゆく。

見えない刃ならば、抜かせなければよい。

語らい合うことを捨てた政宗に、迷いはなかった。

倒さなければ進めないのなら、どんなことをしてでも倒すのみである。

これまでの政宗は、どこかで意義を求めていた。

強さとはなにか？

天とはなにか？

己とはなにか？

強敵と刃を交えることで、互いの心に触れ、みずからを知る。

だからこそ、政宗はどんな死闘の最中にあっても、己の心だけは決して捨てはしなかった。

だが……。

復讐という妄念に支配された三成に、意義を求めることは不毛な行為であると、心底知らされた。だから政宗は、語らい合うことを止めた。

恐ろしいほどに刀が軽い。

あれほど恐れていたはずの三成は、もういなかった。

苦悶の表情のまま政宗の刃を受けるのは、みずからの高慢さに押しつぶされそうになっている哀れな男である。

殺到する竜の爪を掻い潜り、三成が反撃の隙をうかがう。

柄を握って刀を抜こうとするが、政宗の刃が掌ごと弾く。

「くぅぅっ」

三成の喰いしばった歯から、嗚咽《おえつ》が漏れる。

容赦はしない。

三成がどんな状況になろうと、知ったことではなかった。

相手がなにもできないまま、完膚無きまでに叩きふせる。

それこそが喧嘩だ。

心を通わせる価値すらない男には、喧嘩で十分だ。

無言のまま、ただただ無心に刃を振るう。

涼やかだった三成の戦装束が、ぼろぼろに切り刻まれてゆく。

その顔には、憤怒《ふんぬ》と恥辱が綯い交ぜになったなんともいえない表情が貼り付いている。

しかしもう遅い。

どれだけ怒ろうとも、どれだけ恥じようとも、もう三成が刃を振るうことはない。そんなことを許すほど、今の政宗は甘くはなかった。

三成が抜こうとする。

手首ごと斬るつもりで政宗が刃を振るう。

凶王は為す術もないままに、血塗れになってゆく。

死ね……。

鞘を振り回し、六爪を防ぎながらも、ぼろぼろに斬られつづける三成。

おぼつかない足元に、疲れが滲んでいる。

怒りに燃える政宗の隻眼に、揺らめく三成の首が見えた。

これで終わりだ。

「It's over. You must die!」

最後の一刀を三成の素っ首めがけて振り下ろした。

「それが政宗様の求めるものにございますかっ」

独眼竜の背中に怒りの叫びが突き刺さった。

電撃を孕んだ刃が三成の首の皮を断ったところで、止まる。

おもむろに背後を見た。

そこには家臣たちに支えられた小十郎が立っていた。そのかたわらには、怯えるような眼差しの小早川の姿もある。

眉間の皺をより一層深く刻んだ小十郎の厳しい目が、政宗を捉えて離さない。

「小十郎……」

一人では歩くことさえままならぬ小十郎が、よろよろと寺の山門を潜った。

「怒りに身を任せ、相手をなぶり殺す。それは最早、竜の所業にあらず」

諭すような小十郎の声。

「そのような勝ちを得て、政宗様はなにを越えたと申すおつもりか？」

小十郎から目を逸らし、三成を見る。うつむいたまま微動だにしない凶王の瞳が、虚ろな輝きを湛えていた。

怒りに囚われていた政宗が、我に返る。それと同時に、それまで忘れていた全身の痛みが、一気に襲ってきた。

激痛と疲労が、傷ついた身体を責める。

「殺せ」

三成が力無くつぶやく。

「石田……」

両手につかんだ六本の刀を鞘に納める。

「なんのつもりだ？」

問いかける三成から目を逸らし、小十郎へと肩越しに視線をやった。

「たしかにお前の言うとおりだ。こんなEndingは望んじゃいねぇ」

熱い視線を潤ませて、小十郎が力強くうなずいた。それを確認してから再度、三成に視線を向ける。

「さぁ、仕切り直しだ」

「なん……だと?」

「こんな勝ち方じゃ、オレの仲間たちが納得しねぇからな」

政宗の背後で家臣たちが雄叫びをあげた。

「奴等に無様な姿は見せらんねぇ」

「世迷言を」

ぬらりと身を起こした三成の目に、ふたたび殺気が宿る。満身創痍であるはずの身体を、剣気が包む。

「それでこそ凶王と呼ばれた男だ」

「ひと思いに殺さなかったことを、後悔するぞ」

「おいおい。なにを勘違いしてやがる?」

「なに」

凶王の右目が一際大きく見開かれた。

「今までのオレは天への道を見失った手負いの竜だった。が、今アンタの前に立っている男は、ただの竜じゃねぇ」

足元に転がっていた兜をかぶり、右の拳を天高くかざす。

「奥州筆頭、伊達政宗っ！　天を目指す独眼竜は、アンタごときでつまずいてる訳にゃあいかねぇんだよっ」

「筆頭ぉぉぉぉぉぉぉぉっ！」

境内を取り囲んだ家臣たちが一斉に喊声を上げた。

「下らん」

三成は一人空しく、吐き捨てた。

「さぁ、もう一度、きちんとやりあおうじゃねぇか」

「先刻の貴様の言葉で答えてやろう。いくら打っても仕留めぬ、己の弱さを悔いて死ね」

血塗れの刃を拭いもせず、三成が刀を鞘に納める。柄に手を添え腰を十分に落とした全身から、濃い闘気が漂いはじめた。

先刻までとは、雰囲気ががらりと変わっている。妄執に囚われていた三成の気は、己以外のすべてを呑み喰らおうとする怨念に満ち満ちていた。

しかし、今三成を包んでいるのは、どこまでも涼やかで清廉《せいれん》な闘気であった。喩《たと》えるならば、水底までも見透せるほど清らかな小川のようである。

政宗は三成の本質を垣間見た気がした。

どこまでも純粋であるからこそ、己を拾ってくれた覇王秀吉に身命をなげうつほど臣従し、彼を失うことで、家康への復讐心のみが残ったのだ。

三成は虚ろなのではない。

純粋なのだ。

まるで邪気無き童……。

その点では、先刻まで政宗が感じていた傲慢なまでの我儘も、三成なのである。

「清らか過ぎる故に、汚されたのか。悲しいな石田三成」

「貴様の声は癪に障る。伊達政宗」

「やっと名前を覚えてくれたか」

「ふっ、くだらぬ名だ」

「Ha!」

笑い声に応えるように、三成が微笑んだように政宗には見えた。

「愚かな竜の戯事《ざれごと》に、もう少し付き合ってやろう」

「Thanks」

「来い」

三成の剣気が鋭さを増した。

政宗は刀を抜きつつ跳んだ。

つかんだ刀は一本のみ。

三成と同等の力で戦い勝ってこそ、はじめて越えたと言える。

三成がひと振りの刀で戦うならば、政宗も六爪ではなく、一刀のみで勝負と決めた。

「せぃやっ！」

渾身の力を込めて三成との間合いを詰める。

傷ついた身体が軋んだ。

それでも、心は清々しかった。

小十郎の声で目覚めなければ、あの時三成を倒していたら、こんな気持ちにはなれなかっただろう。

復讐や怒りに任せて勝ちを得ても、残るのは空しさだけだ。

家康と交わした言葉が、政宗の脳裏を過る。

『お前は、三成を許す気はないのか？』

『許す、だと？』

『今のお前にはそれができる気がする』

やっと意味が解った。

家康は教えようとしていたのだ。

復讐は新たな復讐を生み、怒りの炎は己を焼きつくすだけだと。

幸村や家康。

そして小十郎と、声援を送ってくれる多くの家臣たち。

彼等の心が、政宗を解放した。

政宗が囚われていたのは、三成ではなかったのだ。ましてや、敗北などでは決してない。

政宗が囚われていたもの。

それは、己自身の迷いであった。

これまで連戦連勝を続け、独眼竜だ、奥州筆頭だと持て囃《はや》されてきた政宗は、己に疑問を持ったことがなかった。

ひたすらに天を目指す。

それが正しい道だと思った。

しかし、三成に敗れ、つまずいた瞬間、それまでの己に迷いが生じた。

本当にオレは正しかったのか？

真実のオレは独眼竜や奥州筆頭などと呼ばれるような男ではないのではないか？

そんな恐れにも似た迷いが、政宗を苛《さいな》んだ。

そしていつしか、迷いは三成への怒りへと変貌した。

己を正当化するあまり、つまずきのきっかけとなった三成を、憎むようになったのである。

根本から間違っていた。

越えなければならないのは三成ではない。

己自身なのだ。

『痛みがあるからこそ、人は傷に気付く。それは心も同じこと。心が痛むからこそ、人は己の欠点に気付く。そして、悩み迷いながら、欠けたる己を越えるのです』

小十郎の声が政宗の背中を押す。

「オレはオレを越えてみせるっ！」

納刀したまま三成が待ち受ける。

反撃を恐れずに政宗は刃を振るった。

「ふんっ」

気合いの声と共に閃光が飛来する。

刃と刃がぶつかった。

「む」

三成が怪訝な顔をする。

たしかに斬ったはずなのに何故？

そう思っているに違いない。

おそらく三成は、己へ飛んでくる刃を掻い潜り、斬撃を放ったのだ。しかし、刃同士がぶつかった。

三成の太刀筋が鈍った訳ではない。

反撃を察知した政宗が、とっさに刃の軌道を変えたのだ。

立て続けに竜が凶王めがけて刀を振るう。

打ち出しては納刀を繰り返す三成の刀が、たてつづけに政宗の刀とぶつかる。

徐々に三成の顔色が険しくなってゆく。

「貴様、見えているのか？」

耐えかねたように問うてくる。

「いや、アンタの繰り出す凄まじい太刀筋は、オレの眼にゃ捉えられねぇみてぇだ」

「ならば何故？」

言いながらも刃と刃は激突を繰り返す。

「慣れた」

火花がほとばしる間合いを、ぶっきらぼうな政宗の声が三成へ向かって飛んでゆく。

「な、慣れただと？」

「どんだけ刃を交えてると思ってやがる。良い加減、アンタの思ってることや、やろうとしてることが解ってくる頃だ」

「まさか、予測で当てているというのか」

「不思議なこっちゃねぇだろ？」

「ば、馬鹿な」

三成の声が震えている。言葉を交わす度に、凶王の繰り出す斬撃に力が籠って行くのを、政宗は己の刃で感じていた。

「オレは、アンタの何倍も修羅場を潜ってるんだぜ」

「ぐ、ぐぬぅ」

呻く三成。

「ならば、これならどうだっ！」

腰を落としていた三成が、より深く重心を沈めた。

その瞬間。

三成が消えた。

目ではなく気配で探す。

後ろ。

思った時にはすでに斬撃が、政宗を襲っていた。

一度ではない。

複数である。

数えきれないほどの衝撃が、独眼竜の全身を斬りさいてゆく。

「筆頭ぉっ！」

家臣の悲鳴にも似た叫びが、斬り裂かれる政宗の耳に届いた。

「こんな所で……」

紫色の旋風と化した三成に告げる。

「こんな所で竜は終われねぇんだよぉぉぉぉぉぉっ」

全身の気を刃に込める。

「It's one-eyed dragon!!!!!!!!!!!!!!!!!!!!!!!!!!!!」

狙いを定めもせず、政宗は乱暴に刃を振るった。

全身全霊を込めた竜の爪から蒼い雷が唸りを上げてほとばしる。

紫の竜巻を電撃が駆け巡った。

「ぐわぁぁぁっ！」

吹き飛ばされるように、三成が思いっきり後方へ弾けた。

「ぬぉぉぉっ！」

総身に雷光を纏い、竜が駆ける。

めざすは凶王の元。

立ち上がろうとする三成めがけ、政宗が刃を振るった。

石畳の境内を削りながら、竜の爪が駆ける。

「これで終わりだぁぁぁぁっ。石田三成ぃぃぃぃぃっ！」

雷電と化した刃が、三成の身体に向かってせり上がる。

「ま、まだ死ねぬ……」

三成がつぶやく。

ふらつきながらも柄へと手を伸ばそうとする凶王。

間に合わない。

蒼雷の竜が、三成を打ちあげた。

「ぐはぁぁぁぬぅっ!」

両手両足を大きく仰け反らせた凶王が、天高く舞う。じっとその場に留まったまま、政宗がその姿を見届ける。

一度天空で静止した三成の身体は、急速に落下を始め、腰から地に激突した。

「ううう」

刀を杖代わりにして三成が立ち上がろうとする。

政宗は刀を構えたまま、その姿を見守る。

六分《ぶ》ほど立ち上がったあたりで、三成は一度激しく唇を噛んだかと思うと、白目を剥いて倒れた。

「うおぉぉぉっ!」

「さすがは筆頭っ!」

「やったぜ頭ぁぁぁっ!」

完全に三成が沈黙するのを確認すると、家臣たちから喚声が上がる。

刀を鞘に納め、政宗は割れんばかりの声の方へと身体を向けた。

喜びを全身で表す家臣たちの中に、小十郎の姿を見つける。

笑っていた。

微笑みを返し、小十郎へと歩み寄ろうとする政宗の方へ、小さな男が歩いてくる。

鍋を背負ったかぶと虫……。

小早川だ。

「政宗さぁぁぁん」

くねくねと腰を振りながら駆け寄ってくる小早川に、政宗は首を傾げてみせる。

胸元近くまで近寄ってきた小早川が、頼りない視線で政宗を見上げる。

「み、三成くんは死んじゃったの？」

竜がちらりと三成を見た。大の字に転がった凶王は、指一本動かさない。

「さぁな」

「ちゃ、ちゃんと息の根を止めてくれないと困るじゃないか」

それまで怯えていた小早川が一変、怒りで口をへの字に曲げながら、どしどしと地団太を踏む。

「もし……。もしも三成くんが生きてたら、裏切っちゃったぼくはどうなるか解ったもんじゃないよ」

頬を膨らませる姿は、三成とはまた別の童のようである。

「侍なんだから、勝ったらちゃんと仕留めないとね」

偉そうに講釈を垂れる姿に、微塵も説得力がない。

駄々をこねる童を、政宗は面倒臭そうに押し退け、ふたたび歩きだした。

「ね、ねぇ政宗さん」

「やりたきゃ自分でやりな」

ぞんざいに吐き捨てる政宗の背後で、小早川の怯えるような悲鳴が聞こえた。

うろたえる小早川をよそに、小十郎の元へと歩く。竜の右目が、肩を貸す家臣を押し退けた。

心配する家臣に、大丈夫だとうなずいて見せてから、小十郎はよろける身体で政宗の方へと歩を進める。

政宗は手を貸さない。

竜の背中を預かる男である。この程度の傷で倒れるほど柔《やわ》ではない。

「勝ったぜ小十郎」

「竜の帰還。しかとこの目に焼きつけました」

微笑み合う二人の視界の隅に見える山門の下に、金色の衣をまとった男が立っていた。

＊

「独眼竜っ」

息を切らして駆けてきた家康が叫ぶ。

供は忠勝ただ一人。

寺の下から聞こえてくる戦の声が、収まり始めている。

終焉《しゅうえん》は間近に迫っていた。

三成と刑部を失った西軍には、東軍の勢いを止めるだけの余力は残されていないはずである。

東軍勝利。

しかし政宗にとって、どちらが勝とうがどうでも良いことだった。

「遅かったみたいだな」

面前に立つ家康が、政宗の背後に倒れている三成の方へと視線を投げた。因縁の相手を見遣る太陽の瞳は、どこか寂しげである。

そういう男だ。

敵味方に拘《かかわ》らず、絆という想いの下に惜しみない愛情を注ぐ。それが家康という男だった。

「甲斐の大将はどうなった？」

問いかける声に家康は、三成へと向けていた目を政宗へと戻した。

「大丈夫だ」

それだけ言うと、淀みない笑みを浮かべる。

「そうか」

政宗もそれ以上は問わなかった。

家康が大丈夫だと言った以上、幸村は迷いに打ち勝ったのであろう。彼なりの答えを見出し、戦って……。

そして敗れたのだ。

「ありがとよ徳川家康」

「お前に礼を言われることはしていない」

その時だった。

ふたたび家康が三成を見た。

太陽の輝く瞳が、驚愕の色を湛えている。

「い、家康だと？」

政宗は背後に禍々しい殺気を感じた。

振り向くとそこには、意識を失っていたはずの三成が、まるで幽鬼のごとき妖しさで立っていた。

「家康ぅ」

凶王は、おぼつかない足取りで、政宗と家康の方へと歩む。

手にもった鞘の先端が、がりがりと石畳の境内を擦る。

立っていることとさえ不思議なくらいの傷だ。歩くことなど考えられない。

しかし、たしかに凶王は二人に向かって近付いてくる。

政宗は家康の後方に回り、三ツ葉葵の紋が染め抜かれた背中を押した。

「あの男の妄執を断ち切るのはオレの役目じゃねぇ」

「独眼竜……。お前」

「凶王の妄念。アンタの絆の力でしっかりと断ち切ってやんな」

血塗れの前髪の下から覗く三成の瞳が、家康を捉えて離さない。目尻を伝って頬へと流れる血が、まるで真っ赤な涙のようだ。

「家康ぅ。私と戦え」

「み、三成」

家康は戸惑っている。

無理もない。

相手は手負い。しかも生半可な傷ではなかった。

激しい戦火を潜ってきた家康といえども、三成ほどの傷は負ってはいない。

一方的な展開になるのは目に見えている。

政宗はもう一度、家康の背中を押した。

「絆の力で世を照らす。それがアンタの夢なんだろ？」

「し、しかし……」

すでに三成は家康の面前まで迫ろうとしていた。

柄に添えた手は、いつでも刃を抜ける体勢である。

「さぁ、ここがアンタの正念場だ。執念に憑かれた石田を、アンタの拳で救ってやるんだろ？

それとも、三方ヶ原でオレに言ったこと。ありゃあ嘘だったのかい？」

家康の肩が震えている。ゆるゆると拳を握るのを、政宗の隻眼はしっかりと捉えていた。

「この大戦の最後の大勝負。独眼竜が見届け人だ」

三成を見つめたまま、家康がうなずいて答える。

「さぁ来い三成」

家康の声に、三成が弾けた。

「家康ぅぅぅっ！」

紫の閃光と、金色の太陽が激突した。

＊

悲しいまでに美しい戦いが、政宗の眼前で繰り広げられていた。

絆と復讐。

純粋なまでに磨き上げられた二つの心が、真正面からぶつかり合う。

三成の刃と家康の拳。

両者の繰り出す一撃一撃に、悲痛な叫びを政宗は聞いた。

二人は互いに覇王の下で戦った間柄である。共に切磋《せっさ》琢磨《たくま》しながら成長してきたのだ。

家康が秀吉を打ち倒さなければ……。

三成が秀吉を信奉していなければ……。

二人が相争うことはなかった。

しかしそれもすべて世の定め。

かつての盟友同士は、共に同じ天を望めぬ仲となっていた。

互いの名を呼び、打ちあう度に、悔恨の情と、相手を責める悲痛な想いが交錯する。

なぜ秀吉様を奪ったと、三成が問えば、なぜみずからのために生きないのかと、家康が問う。

家康は己の掲げた絆のために秀吉を倒さざるを得なかったし、三成にとって秀吉は、みずからの身命を捧げた完全無欠の主君であった。

　妥協などできるはずもない。

「悲しき勝負にござりますな」

　隣で見ていた小十郎がつぶやく。

「…………」

　同意を示すように、忠勝が機械音を鳴らす。

　周囲の伊達家の者たちも、二人の戦いをただただじっと見守っている。中には涙を流す者さえいた。

　皆、悲しみと切なさの渦中にいる。

　関ヶ原の大戦の真実は、純粋な心を持つ二人の青年の空しい相克《そうこく》だったことに、政宗は気づかされた。

　彼等が道を違えたことで天下は二つに割れ、そして、二人の戦いが決着を迎えることで、割れた天下はふたたび一つになる。

「消滅しろ家康……徳川家康ぅぅっ！」

「お別れだ三成……石田三成ぃぃっ！」

　全ての想いを込めた二つの無垢な心が、政宗の眼前で激突した。

＊

「終わったな」

倒れた三成の傍らに座り込んだ家康の肩に、政宗は手を添えた。

「あぁ……」

うつむいたまま震える家康は、三成を失った悲しみに耐えているようだった。

「アンタの覚悟、見せてもらったぜ」

「三成はお前との戦いですでに弱りきっていた。この戦の勝ちはワシのものではない」

呻くように一言一言絞りだす家康の隣に、政宗はどかっと腰を下ろした。

三成を見遣る。

妄執から解放された爽やかな表情だった。

これまで一度も見たことのない、三成の顔である。

「最後の最後で、アンタはこの男を救ったんだ」

「くっ……。くぅっ」

膝の上に置いていた腕に、家康は顔を埋めた。

泣いている。

しばらく何も言わず、政宗は三成を見つめつづけた。

さっきまで聞こえていた戦場の声が、いつの間にか収まっている。

三成の敗北が、全軍に知れ渡ったのであろう。

「独眼竜」

顔を腕に埋めたまま家康が言った。

「ん？」

「ワシは……。ワシは、三成を倒した今でも絆の力を信じている」

震える背中を叩いた。

「Of course」

家康が、うつむいていた顔を上げた。

「アンタの理想を絵空事だと言ったことがあったな」

「あぁ」

「あの言葉、この場で撤回させてもらうぜ」

政宗は立ち上がった。

「石田は、死ぬことでしか救えなかった。それは奴自身、解っていたはずだ」

「……」

座ったままの家康が、三成を見る。

「アンタもそれが解っていた。だからアンタは、石田の望みを叶えてやったんだろ？　それが痛みを伴うことだと解っていても」

丸まった背中に手を伸ばす。

逞《たくま》しい身体を力ずくで立たせる。

「石田と一番心を通わせていたのはアンタだ。人と人を繋ぐ絆の力。そして、アンタの覚悟。しっかりと見せてもらったぜ」

両肩をつかみ、振り返らせた。

曇っていた家康の瞳が開かれる。

二人の眼前には、いつの間にか徳川の兵と、政宗の家臣たちが集っていた。

「アンタは一人じゃねぇ。こんだけの絆がアンタを見守っている。いつまでもうつむいていちゃいけねぇだろ？」

「独眼竜……」

「さぁ、勝鬨《かちどき》だ」

静寂を取り戻した荒野に、男たちの雄叫びが轟き渡った。

終章

「本当に行くのか？」

馬上の政宗に家康が問うた。三河の家康の居城である。

城門の前には政宗と小十郎をはじめ、伊達の家臣たちが馬を並べていた。

彼等の前には、家康と忠勝。そして、東軍の諸将たちが立っている。

「三成を倒したのはお前なんだ独眼竜。本来ならばお前が東軍の主ではないか」

「Ha!」

政宗は鼻で笑う。

「ワシとお前の同盟は対等だったはず。ならば三成を倒したお前こそ……」

「おいおい」

家康の言葉を断ち切る。

馬上で腕を組んだまま、太陽の輝きに満ちた青年の姿を見下ろす。

「良いか、石田を倒したのはアンタだ。オレじゃねぇ」

「だが……」

「しっかりしろよ。もうアンタは忠勝の後ろに隠れるだけの餓鬼じゃねぇんだ」

戦国最強の陰で戦をうかがう少年の面影は、もう今の家康にはなかった。

「これからもワシとともに……」

「柄じゃねぇ」

「なに？」

「誰かとつるむなんてのは、オレの柄じゃねぇって言ったんだ」

くるっと馬首を返し、城に背を向ける。足早に駆け寄ってきた家康が、馬の横に並んだ。

「これからどうする？　このまま奥州に帰って、また戦いつづけるつもりなのか？」

「さてなぁ」

顎に手をやり政宗は天を仰ぐ。

蒼天に浮かぶ群雲が、ゆっくりと流れてゆく。

「奥州に戻るってのも良いが、いっそのこと……」

家康同様、政宗の言葉を待っている家臣たちに顔を向けた。

「海を越えて世界を見て回るってのも悪かねぇな」

「おぉぉぉっ！」

荒ぶる家臣たちの先頭で、小十郎が微笑みながら肩をすくめた。

「せ、世界……」

見上げる家康が茫然とつぶやいた。

「ま、まったくお前という奴は」

溜息混じりに言った家康が、頭を左右に振った。

右腕で天を突く。

「独眼竜は止まらねぇっ！」

喊声が続く。

「じゃあな」

「死ぬなよ」

家康の言葉に政宗は微笑む。

「死ぬ覚悟は出来てるが、死のうと思ったことは一度もねぇぜ」

馬腹を蹴った。

走り出した政宗を家臣たちが追う。

「行くぜっ」

みるみるうちに城が遠ざかってゆく。

目指すは世界。

まだ見ぬ強敵が待っているはず。

それを思うと、胸が高鳴って仕様がない。

背中を守る小十郎がいる。

壁となって戦ってくれる仲間たちがいる。

皆と一緒ならば怖くはない。

独眼竜には天へとつづく蒼い一本道がしっかりと見えていた。

「さぁ行くぜっ！」

政宗は腹に気合を込めて叫んだ。


「Let's have a party!」

この小説は、２０１０年７月に発表された家庭用ゲームソフト『戦国ＢＡＳＡＲＡ３』（カプコン）をベースにした、書き下ろし作品です。

著者紹介

矢野隆《やのたかし》

1976年生。小説家。2008年『蛇衆』にて第21回小説すばる新人賞を受賞。主な作品に『無頼無頼ッ!』(集英社)『兇』(徳間書店)など、ニューウェーブ時代小説と呼ばれる作品を世に送り出している。また、『鉄拳　the dark history of mishima』といった、ゲームのノベライズ作品も手掛ける。現在、『優しき豪槍』を「小説現代」(講談社)にて連載準備中。

Illustration

堤芳貞《つつみよしさだ》

漫画家、イラストレーター。大塚英志氏にその才能を見出され、『東京ミカエル』(原作・大塚英志/角川書店)にてタッグを組む。主な作品に『GODDESS BOUNTY』『シーラカンスデイズ』(いずれも少年画報社)、『IGNITE WEDGE』(マッグガーデン)などがある。また、伊達政宗を主人公にした『三日月竜異聞　伊達政宗嚆矢』(松文館)を連載中。

講談社BOX

KODANSHA BOX

戦国《せんごく》BASARA《バサラ》3《スリー》　伊達政宗《だてまさむね》の章《しょう》

定価はケースに表示してあります

2011年11月10日 第1刷発行

著者 ── 矢野隆《やのたかし》

協力 ── カプコン

発行者 ― 鈴木　哲

発行所 ― 株式会社講談社

東京都文京区音羽2-12-21　郵便番号 112-8001

編集部 03-5395-4114

販売部 03-5395-5817

業務部 03-5395-3615

印刷所 ― 凸版印刷株式会社

製本所 ― 牧製本印刷株式会社

製函所 ― 株式会社岡山紙器所

ISBN978-4-06-283786-6　N.D.C.913　362p　19cm

2011年12月発売予定!!
恋物《コイモノ》語《ガタリ》
KODANSHA BOX

＜物語＞シリーズ　既刊

［化物語（上）］
第一話 ひたぎクラブ／第二話 まよいマイマイ／第三話 するがモンキー

［化物語（下）］
第四話 なでこスネイク／第五話 つばさキャット

［傷物語］
第零話 こよみヴァンプ

［偽物語（上）］
第六話 かれんビー

［偽物語（下）］
最終話 つきひフェニックス

［猫物語（黒）］
第禁話 つばさファミリー

［猫物語（白）］
第懇話 つばさタイガー

［傾物語］
第閑話 まよいキョンシー

［花物語］
第変話 するがデビル

［囮物語］
第乱話 なでこメドゥーサ

［鬼物語］
第忍話 しのぶタイム

第恋話

ひたぎエンド

西尾維新

NISIOISIN

Illustration／VOFAN

プロジェクトが、講談社BOXの新しい夜明けを告げる！

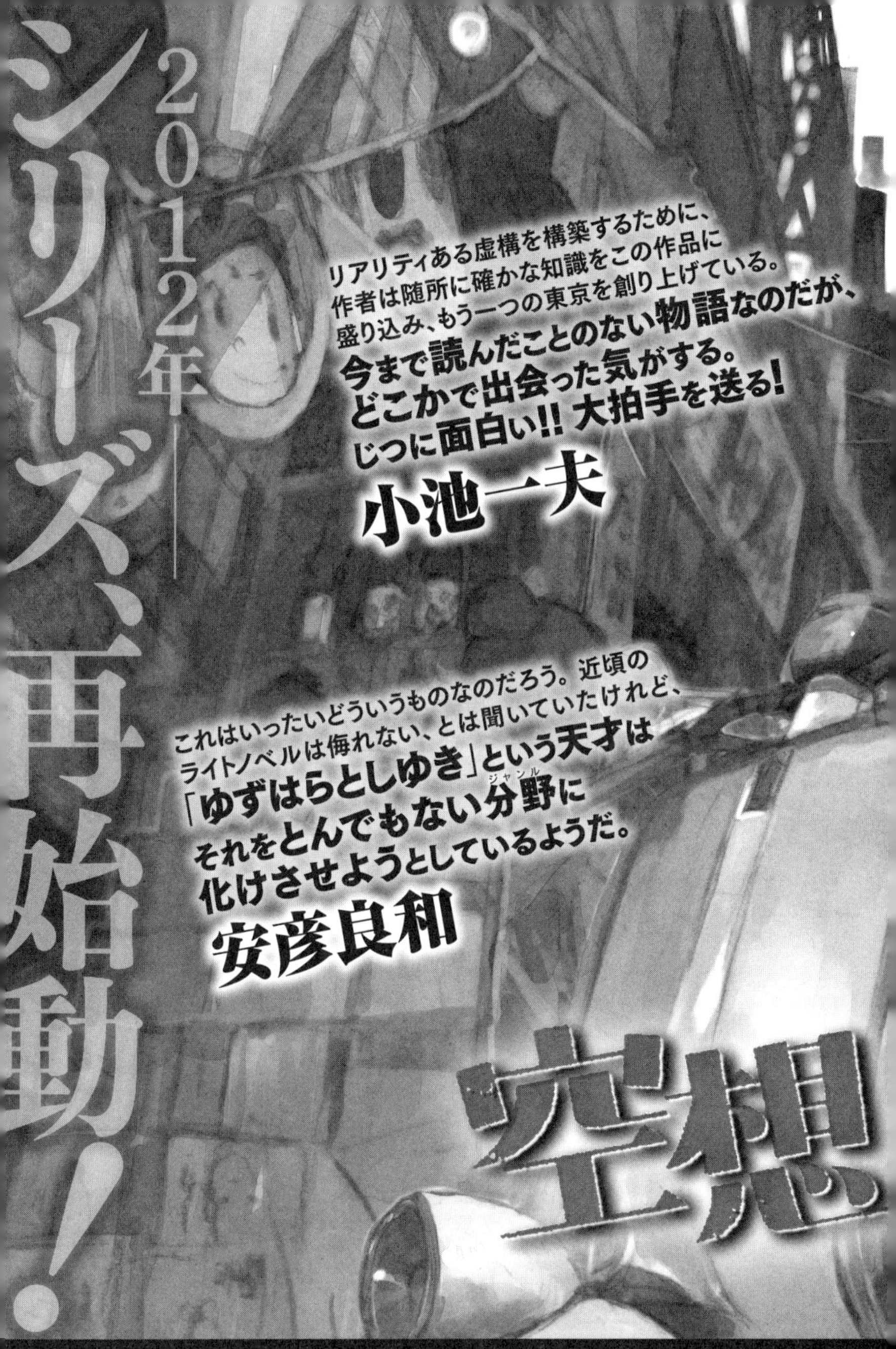
2012年
シリーズ、再始動!
リアリティある虚構を構築するために、
作者は随所に確かな知識をこの作品に
盛り込み、もう一つの東京を創り上げている。
今まで読んだことのない物語なのだが、
どこかで出会った気がする。
じつに面白い!! 大拍手を送る!
小池一夫
これはいったいどういうものなのだろう。近頃の
ライトノベルは侮れない、とは聞いていたけれど、
「ゆずはらとしゆき」という天才は
それをとんでもない分野《ジャンル》に
化けさせようとしているようだ。
安彦良和
空想